海鸥街的幸福生活

海鸥街的假期

[德]科尔斯滕·波伊／著

[德]卡特琳·恩格尔金／绘

王烈／译

陕西新华出版传媒集团

未来出版社

图书在版编目（CIP）数据

海鸥街的假期 /（德）科尔斯滕·波伊著；王烈译
. —西安：未来出版社, 2021.5
（海鸥街的幸福生活）
ISBN 978-7-5417-6895-8

Ⅰ.①海… Ⅱ.①科…②王… Ⅲ.①儿童小说—长
篇小说—德国—现代 Ⅳ.① I516.84

中国版本图书馆 CIP 数据核字（2020）第 178212 号

Ferien im Möwenweg
Copyright © Verlag Friederich Oetinger GmbH, Hamburg 2015
Simplifed Chinese translation copyright © Shaanxi Future Press Co.,Ltd. 2017
Simplifed Chinese translation rights arranged with Andrew Nurnberg Associates International Ltd.
All rights reserved.
著作权合同登记：陕版出图字 25-2018-020

海鸥街的幸福生活

海鸥街的假期
HAIOUJIE DE JIAQI

[德]科尔斯滕·波伊 / 著　　[德]卡特琳·恩格尔金 / 绘　王烈 / 译

总 策 划：唐荣跃	执行策划：王雷颖轩
丛书统筹：王雷颖轩	责任编辑：雷露深
排版制作：未来图文工作室	封面设计：许　歌
技术监制：宋宏伟	发行总监：樊　川

出版发行：陕西新华出版传媒集团 未来出版社	地　址：西安市登高路 1388 号 邮　编：710061
电　话：029-89120506	经　销：全国各地新华书店
印　刷：保定市铭泰达印刷有限公司	开　本：710mm×1000mm 1/16
印　张：13	字　数：150 千字
版　次：2021 年 5 月第 1 版	印　次：2021 年 5 月第 1 次印刷
书　号：ISBN 978-7-5417-6895-8	定　价：38.00 元

1

海鸥街的我们

我叫塔拉，九岁了，这是一个非常好的年龄。

到了十一岁（比如我哥哥派特亚和我第二好的朋友悠儿的年龄），人就会变得很奇怪，好玩儿的东西也突然不想玩了，但如果像我弟弟茅斯那么小（他还在上幼儿园呢），许多事都不能做，那也很没意思。

九岁真是一个很好的岁数，我最好的朋友蒂妮珂也这么觉得。她和我一样大，也住在海鸥街的这排房子里，我、派特亚、茅斯、悠儿和她八岁的妹妹弗丽茨都住这里（八岁也还行）。派特亚当然不是海鸥街唯一的男生，这里还住着文森特和劳林。他们是兄弟，但一点儿都不像兄弟，文森特很聪明，劳林却傻兮兮的。派特亚说这样就平衡了。文森特十岁，劳林和弗丽茨一样八岁。所以我们在海鸥街总能找到玩伴，男生和男生玩儿，女生和女生玩儿，但通常大家都一起玩儿。

海鸥街当然也有大人，不然多奇怪。有我的爸爸妈妈，蒂妮珂的爸爸妈妈，悠儿和弗丽茨的爸爸妈妈，还有文森特和劳林的妈妈（她可凶了），他们的爸爸不住这里，住在开车三个小时路程的地方，他有一辆敞篷车。

我们家左右两边的邻居都没有孩子，有点儿可惜。我们家左边是这一排最顶头的房子，住着克里菲尔德爷爷奶奶，他们当然不是我们的亲爷爷亲奶奶。不过克里菲尔德奶奶说，命运没有给她孙子孙女，但海鸥街有我们八个孩子也挺好，她都当亲生的孙子孙女。我们也觉得这样很好，克里菲尔德爷爷奶奶家的冰箱里总有冰激凌，地下室总有可乐，而且他们还会做德国最好吃的土豆沙拉。我们的豚鼠兰比也放在他们家院子里，我们在那里租了一块地方。

我们不能把它的笼子放在我们家院子里，因为另一边的邻居瓦赞夫妇觉得碍眼。他们说，花大钱专门请园丁、铺草皮，还在栅栏上挂小金球，可不是为了在院子里看着一边是豚鼠笼，一边是兔子笼。

他们家另一边住的就是蒂妮珂，她养了两只兔子，叫小黑绒和小白绒，本来应该是养不大的小兔子，结果现在成了巨型花明兔[1]，都像猫那么大了，所以也可以理解瓦赞夫妇，看这两只大兔子就够受了，不想再看着一只豚鼠。

刚开始我们和瓦赞家闹了很多别扭，他们要我们尊重私人财产，玩儿的时候不要不小心越过界，大脚趾踩过去一点点也不行。但现在他们友好了一些，有时还会给我们巧克力（里面有酒，难吃死了），我过生日时也送了我巧克力（可惜是咖啡奶油味，没人喜欢这种口味）。只是我们还是不能从他们家后院穿来穿去——这很不方便，他们家正好挡在我们家和蒂妮珂家中间。

我在后院要找蒂妮珂的时候，只能先从我家后院进到屋子里，穿过客厅和厨房从前门出去到大街上，跑到蒂妮珂家前门进去，穿过她家的厨房和客厅从后门出去，才能到她家后院里：真是太累了。蒂妮珂找弗丽茨和悠儿、文森特和劳林都能直接从后院过去，我觉得这很不公平。妈妈说别那么想啦，知足常乐。我觉得也对，除了

---

1. 巨型花明兔：产于比利时，体形十分庞大。

这一点儿小麻烦，我们在海鸥街真的很幸福。蒂妮珂说我们肯定是世界上最幸福的，海鸥街的孩子们都这么觉得（只有悠儿有时不这么想，我前面说过了，人到了十一岁就会很奇怪，悠儿有时会讲些莫名其妙的话）。

　　海鸥街的生活这么幸福，我永远都不想去别的地方住，一辈子都不要，不过这个暑假我们还是去了别的地方，怎么回事呢？我这就讲给你听。

2

派特亚抱怨，茅斯煎鸡蛋

我觉得每次放假前的最后一天总是很特别，这一天总是很棒，因为之后六个星期不用上学，每天想干什么就干什么，根本不需要出去旅游。

但暑假前倒数第二天吃晚饭时，派特亚突然说他们班的人都要出去玩儿，班会时大家一个劲儿讨论，除了一个叫雅克布的要去巴伐利亚[1]看奶奶，还有一个叫杰西的要去图林根[2]的姨妈家，其他人也会出去旅游。派特亚说就我们家不去旅游，太不公平了。

"去奶奶家不算旅游吗，派特亚？"茅斯边问边把香肠片从面包里拿出来迅速塞进嘴里，"为什么不算啊？"

---

1. 巴伐利亚：巴伐利亚州也常被称为拜恩、拜仁，位于德国东南部，是德国面积最大的联邦州，首府位于慕尼黑。
2. 图林根：图林根州是德国的一个联邦州，州首府为埃尔福特。

但派特亚根本不理他，只说班上有两个人要去北海[1]的一个岛，四个人要去波罗的海[2]的某个地方，还有大概一百个人要去西班牙的马略卡岛[3]。我一听就知道他在吹牛，他班上根本没有一百个人。

他嘴里塞满小酸黄瓜还大声说："克拉丽莎要飞去迪拜呢！卡修斯要去新西兰玩六个星期！天啊！"

"新西兰现在是冬天啊！"爸爸边说边盛了第三碗妈妈做的西红柿冷汤，他总说天热时没什么比妈妈做的地中海式爽口西红柿冷汤更美味了。但我、派特亚、茅斯还是更喜欢吃面包。爸爸又说："现在新西兰冷得脚都能冻掉，迪拜热得能在沙滩的石头上煎鸡蛋。"

派特亚一脸兴奋地看着爸爸说："那好啊，我喜欢煎鸡蛋！就我不出去玩儿，就我一个！"

我有点儿生派特亚的气。我之前说过吧？人到了十一岁就会变得很奇怪。去年暑假我们也没出去旅游，刚买完很贵的房子，花了很多钱，根本不可能出去旅游，派特亚那时也没抱怨啊。反正留在海鸥街也过了最棒的暑假，因为八个孩子都没出去旅游，每家都刚买了房子，没钱出去旅游。于是我们每天都八个人一起玩儿（有时候七个人，不想一直带着茅斯），野餐、骑车、采草莓、看演唱会、

---

1. 北海：大西洋东北部边缘海，位于欧洲大陆的西北，即大不列颠岛、斯堪的纳维亚半岛、日德兰半岛和荷比低地之间。

2. 波罗的海：在斯堪的那维亚半岛与欧洲大陆之间，位于德国最北面。世界上盐度最低的海。

3. 马略卡岛：位于地中海，又名马洛卡岛。

在车库前的空地上聚会。今天晚饭之前我还一直高兴着呢，今年又能这样玩了。爸爸说："你有钱出去旅游就去吧，我们又不拦着你！不过我可不是百万富翁，我没那个钱！"

派特亚又拿了一根小酸黄瓜，他一个人都快把一盘吃光了。

他说："文森特和劳林也要出去玩儿！和他们的爸爸飞去地中海的伊维萨岛¹玩儿十四天！三周以后出发！"

这我倒不知道，我说："弗丽茨和悠儿也留在这儿啊！"这时我突然想起，前天蒂妮珂溜滑轮时跟我说她今年也要出去旅游，去乡下看她姨妈。我没仔细听，因为穿着新护膝，一直故意想摔一小下看看结不结实，但要注意别摔太重。

我就想，在海鸥街过暑假当然很好，但如果蒂妮珂、文森特、劳林都去旅游了，那除了我就只剩下派特亚（他还不开心）、茅斯（他那么小）、悠儿（她肯定跟派特亚一样不开心）和弗丽茨了，我就只能和弗丽茨玩儿，但她大部分时候很孩子气。我忽然对暑假没那么期待了。

妈妈说派特亚应该给我们其他人留一点儿酸黄瓜，妈妈还向我们保证，挑个周末全家一起去腓特烈施塔特市²看外婆，这样开学之后派特亚在学校里也有东西可讲。

---

1. 伊维萨岛：位于地中海西部，是肖邦的故居。

2. 腓特烈施塔特市：德国最北的石勒苏益格—荷尔斯泰因州中最北的县北弗里斯兰县的一个市镇。

但派特亚说去那里很没意思："暑假之后在学校就说这个，真丢人！"他在学校从来都不怕丢人啊。

我的一整个下午都被毁了，放假前的好心情也没了。真的很生派特亚的气，有个哥哥有时真麻烦。

第二天，天空一片灰暗，我觉得和放假前糟糕的心情倒也挺配。学校发了成绩单，我的上面又写着：乐于助人、品行端正。品行端正是什么意思啊？我都不太明白，反正是好词，妈妈看到可高兴了，我也就高兴。蒂妮珂的成绩单上又写着要提高表达能力，每次成绩单上都有，她说她爸爸妈妈也知道，所以也不算差。

我们的评语都不错，只有劳林的不好，不过我也不知道究竟写了什么，放学后一起回家时他不给我和蒂妮珂看。（去年她妈妈看了成绩单大发雷霆，结果暑假里他每天都要补课，但我觉得好像没什么用。）

弗丽茨也和我们一起回家，她和劳林同班。我看了她的成绩单，上面说她太羞怯，应该更多地表达自己，不过我告诉她这不是什么大缺点。

派特亚、悠儿、文森特的成绩单里说什么我们就不知道了，他们已经不在我们的学校上学。

我们走到海鸥街的时候，太阳突然从云层里露出脸来，好像知道现在暑假开始了。

我大喊："放假啦！"如果就因为派特亚昨天下午抱怨，我就不开心，那其实也挺傻的，毕竟天气这么好。没有蒂妮珂，我也能做有意思的事，当然，和最好的朋友一起更好玩儿。

我对蒂妮珂说："等下我去你家拿小黑绒和小白绒的钥匙吧。"我们约好，蒂妮珂去旅游时我每天去喂它们，我还想多给它们放放风，小黑绒和小白绒肯定很高兴，蒂妮珂不经常放它们出来。

蒂妮珂说："你想来就来吧。"我奇怪她怎么听起来有点儿不高兴，能出去旅游还不好啊？不过，我没时间想这么多了，因为我突然看见茅斯站在家门口，东张西望像做贼一样，但茅斯肯定不会做贼啊，那他干吗贼头贼脑的？

蒂妮珂大声问："你弟弟拿着鸡蛋干什么呢？快看啊，塔拉，你弟弟为什么要扔鸡蛋啊？"（每次派特亚和茅斯调皮，蒂妮珂就不喊他们的名字，总对我说"你哥哥""你弟弟"。）

我也看见了：大门开着，茅斯站在门口，右手拿个鸡蛋猛地往地上一扔，嘴里喊着"哈！哈！"左手又要拿起另一个。

但他又贼眉鼠眼地往周围看了看，发现我们走过来，就赶紧把左手藏到背后，看来他知道自己在干不该干的事。

"你干什么呢，茅斯？"我问，门前都是碎蛋壳和滑不溜秋的鸡蛋液，我很小心地不要踩到，"你傻了吗？"

茅斯气鼓鼓地看着我说："煎蛋啊！爸爸都说了！"

但爸爸只说迪拜可以煎蛋啊，没让他在前院扔鸡蛋。我真不明白为什么有时候茅斯会干这么蠢的事，就算知道不该干也要干，也许他想和派特亚一样酷。

"快把鸡蛋交出来！马上！"我一边说一边指着他藏在身后的左手。

但茅斯就是不动，手还放在身后，大喊："不给不给就不给！"

劳林也要来掺和，大叫："就是，茅斯，她又不能把你怎么样！她又不是你妈妈！再做一个煎蛋，你太酷了！"我是不是说过？劳林总是呆头呆脑的。茅斯觉得劳林上二年级了很厉害。他把手从背后拿出来一点儿，好像又要扔鸡蛋一样。我大叫一声："你敢！" 但他肯定还是要扔，只是突然绊了一下才没扔，一条毛茸茸的小狗突然跑到他两脚之间，兴奋地汪汪叫，我也差点儿被它绊一跤。我、蒂妮珂、弗丽茨、劳林都聚在前院，忘了关院子门，小狗就跑了进来。

"比萨！" 一个老女人高喊着跑过来。这条小狗肯定是她的，叫"比萨"。我觉得这名字不好，别人叫它"比萨，不要！停下！"的时候，它肯定很难为情。不过喊也迟了，它已经把地上的蛋液都舔完了，还摇着尾巴好像在说"真好吃"。

蒂妮珂说："恶心死了！"我不懂为什么人觉得生鸡蛋那么恶心，却喜欢煎鸡蛋、炒鸡蛋，但事实就是这样。小狗还在地上舔着，而且把蛋壳吐了出来。

那个老女人又喊："比萨，赶紧过来！"她没进院子来抓狗。老女人都很有礼貌，不会随便进别人家院子。小狗马上跑回她身边，反正也没什么可吃的了。它又摇了摇尾巴，汪汪叫了两声，然后就从院门跑出去了，嘴上还糊着蛋黄，像胡子一样。

这时妈妈也发现了前院里有什么不对劲儿，跑过来问："这是怎么了？茅斯，这是怎么回事？"她刚才肯定在后院除草，手上还都是泥。

"小狗饿了，妈妈！我喜欢小动物！"茅斯边说边心虚地看着她，迅速把左手又藏到身后。

突然，他一脸震惊。妈妈大叫一声："不会吧！"

茅斯把鸡蛋握得太紧，捏碎了，蛋液从他手里流出来，滴到地上。他赶紧把手伸得远远的，一脸恶心的样子。

妈妈大声说："天啊，茅斯！"她看看茅斯的手又看看地上，说："还有你们这几个大孩子，就不能注意点儿吗？"

这也太不公平了吧！我们来的时候茅斯都已经扔了好多鸡蛋！但我不能告诉妈妈，那样她又该说个没完了。

"你赶紧给我进来，茅斯！怎么想到干这种蠢事？"她抓住茅斯的胳膊就把他拖进屋里。

蒂妮珂问："是啊，你弟弟怎么会做这么蠢的事情？"（我都说了，这种时候她就不说茅斯，只说"你弟弟"！）

弗丽茨看起来都要哭了，她不喜欢大人熊她。

我解释："爸爸说迪拜太热，能在石头上煎鸡蛋！"

劳林大声说："厉害！我到伊维萨岛也要在石头上煎鸡蛋！那里也很热！"

我觉得他爸爸肯定不会让他这么做的。他提醒我，这个暑假他们都要出去玩儿，只有我留在海鸥街，几乎都没人一起玩儿。这搞得我心情很糟糕，就像昨天晚饭时一样。

我进了屋，把成绩单给妈妈看。你猜怎么着？太阳又躲到云里去了。我觉得这肯定会是我一辈子里最惨的暑假，一个人孤零零的，天气还那么差。

结果证明我大错特错！

3

蒂妮珂还没走就开始想家

　　妈妈看了我的成绩单很高兴，应该比看到派特亚的成绩单高兴点儿（想都不用想）。她说昨天晚上和爸爸商量了一下，为奖励我们用功学习，暑假要带我们去游乐园玩儿。其实我都没怎么用功，就是顺其自然。我说："太棒啦！"我们从来没去过游乐园，爸爸妈妈总说在海鸥街玩儿就挺好，而且带三个孩子去游乐园要花好多钱，都可以买月亮了（当然是开玩笑，月亮又不卖）。我们在海鸥街虽然也玩得很好，但这里没有过山车、海盗船、激流勇进啊。

　　蒂妮珂已经去过两次游乐园，她说过山车很好玩，往下冲的时候特别刺激。文森特和劳林也跟他们的爸爸去过，文森特说劳林坐海盗船时叫得好像有人要杀他一样，但下来后又吵着要再玩一次。

　　他们的妈妈觉得游乐园不好，但也管不了。那是轮到他们的爸爸带他们的那个周末带他们去的。我觉得父母离婚有时也挺好，一个人不让干的事情另一个就让干。我爸爸妈妈总是意见一致。

派特亚说："好吧，总比腓特烈施塔特市好！"但我看出他其实特别开心。茅斯当然也很开心。

我赶快跑去蒂妮珂家告诉她，同时还得拿兔子笼的钥匙呢。

蒂妮珂坐在院子里，揪着地上的草。她看见我来就抬起了头。

我说："我来拿钥匙！"我有点儿奇怪她怎么还在这里坐着，应该去收拾行李啊。

蒂妮珂说："去拿吧！你知道在哪儿。"然后再也没看我。

我知道肯定出问题了，蒂妮珂平时不会这么和我说话。我问她："你怎么了？不开心吗？"

蒂妮珂摇摇头，又去揪草，我不知道该怎么办。

幸好这时候弗丽茨和悠儿也钻过围栏来到蒂妮珂家的院子里。悠儿本想从围栏上跳过来，但她长得还不够高。

悠儿说："我因为成绩好拿到二十欧奖励哦！弗丽茨也拿到十五欧！暑假我们可以随便花啦，塔拉！"

我不知道悠儿拿得比弗丽茨多是因为成绩更好还是岁数更大。爸爸妈妈说按成绩给钱不好，孩子努力读书应该是因为知道学习很重要。不过，要是给我钱的话我会觉得学习就更重要了。

弗丽茨从家里带了小黄瓜，喂给小黑绒和小白绒。蒂妮珂的妈妈总说这两只兔子是世界上最受宠的兔子，孩子们不停给它们拿好吃的。我觉得也应该给，它们是世界上最好的兔子（但不是世界上最好的宠物，我觉得兰比稍微好一点点）。

悠儿也带了黄瓜块来，刚要去喂小黑绒和小白绒，忽然发现蒂妮珂不对劲儿，于是就在她面前、我旁边坐下。

悠儿问："怎么了，蒂妮珂？你的成绩不够好吗？"

我也担心了一下，蒂妮珂的爸爸妈妈看到她今年成绩单上还是"要提高表达能力"，会不会不开心啊，但她其实不必为此担心。

蒂妮珂也并不担心这个，大吼一声："别烦我！"

这时我看到她脸上都是泪，脸都花了。

悠儿小心地摸着蒂妮珂的肩膀说："哎呀，蒂妮珂！成绩不好也不是什么大事啦！"

她和我想的一样。

蒂妮珂又嚷道："我都说啦，你们别烦我！"然后把头放在膝盖上抱头痛哭起来，她不想让人看见她在哭，但肩膀一抖一抖的。

我就跪在她身边搂住她，电影里都是这么演的。但蒂妮珂也许没看过，不知道现在是在被安慰，她推开我大喊一声："放手！走开！"

现在弗丽茨又要哭了，我都习惯了。我之前以为这个暑假会无比糟糕，但蒂妮珂要老这样，她还是去旅游吧。我说没说过？悠儿有时候很奇怪，但有时候也很好，还很机灵。她先是愣了一会儿，然后轻声细语地说起来，就像对病人说话一样。

她说："我们是朋友，蒂妮珂！你有什么事都可以和我们说，不管是什么！我们永远都会支持你！"然后她又说："我们不会笑你！对天发誓！"我觉得她说得很好。

蒂妮珂摇摇头，但没再让我们走开。

悠儿又轻声问："不是因为成绩吗？那是因为什么？"

蒂妮珂抬起头，看着我们说："我不要去！我又不认识她！我没一个人旅游过，我不去！"

她告诉我们，农场的姨妈只是她妈妈的远房表亲，只在生日聚会上见过两次。姨妈没孩子，她过去的话，根本没人陪她玩儿，她只能和牛玩儿，肯定很无聊。

不过我知道她不是因为这个哭，无聊不会让人哭得这么厉害，学校每天也很无聊啊，都习惯了，不会哭成这样。

蒂妮珂慢慢恢复平静，她说哭是因为害怕。这我很理解，我也从没一个人到另一个地方去过，只有一次在外婆家住了三天，不过外婆我很熟悉啊。如果让我去远房表姨家，我可能也会害怕。

我还羡慕她能出去玩呢！我对她说："那就留在这里吧，我觉得很好！"弗丽茨也说："留在这里吧，我也觉得很好！"

但蒂妮珂又哭了起来，说现在不用上学了，她爸妈都不知道要把她送到哪里。

我说："可以来我家啊，我妈妈肯定乐意！真的！"

蒂妮珂说不行，她妈妈不能老麻烦我妈妈，就像我妈妈也不会老麻烦她妈妈一样。而且她妈妈觉得突然说不去了，远房表妹很没面子，蒂妮珂会不会想家也要试过才知道，所以明天他们还是得动身。

蒂妮珂嘀咕："我现在都开始想家了！"

这怎么可能？她还在家里呢。

这时悠儿又说话了，我都说过，有时候她真是很聪明。

悠儿打电话

悠儿一直出神地看着前方，突然问："农场大吗？"

蒂妮珂说姨妈姨夫只是偶尔去农场，平时都在旁边小城的银行上班，爷爷在农场上照看。但不管农场是大是小，她都肯定会想家。

悠儿说："嗯，那是当然。"我都猜到她在想什么，但不可能啊！"我们一起去你没意见吧？"

蒂妮珂盯着悠儿，说："这不可能啊！"我猜到她要说这话。

悠儿耸耸肩说："问问又没关系，对吧？"

确实没关系，尽管我觉得有点儿怪，不能不请自来吧，这样不礼貌。但如果为了帮朋友，那应该也可以。

蒂妮珂说得问问她妈妈，但她现在不在家。

弗丽茨说："你可以自己打电话啊！"

悠儿眼睛一亮，又说："问问又没关系！"我知道她认为蒂妮珂的妈妈肯定不答应，知道不能不请自来，所以最好蒂妮珂在她妈妈到家之前直接给姨妈打电话。

蒂妮珂说："啊？他们现在还在上班，没人接啊！"

悠儿问："那爷爷呢？你不是说爷爷照看农场吗？"那当然不是亲爷爷，应该是表爷爷或者舅爷爷什么的。

蒂妮珂站了起来，我不敢相信她真要去试试。蒂妮珂在客厅电话上拨号时，我特别紧张，真希望没人接。

但还是有人接了，是那个爷爷。悠儿按了免提，我们都能听到。一个声音在那头说："喂，这里是皮蓬布林克家。"

蒂妮珂不知所措地看着悠儿，好像不想问了，但最后还是说了话，只是声音很小："您好，我是蒂妮珂！"然后她就没敢再说话。

那个爷爷很开心地说："哦，小姑娘，你好你好！你来我们都特别开心！行李收拾好了吗？有什么事吗？"

蒂妮珂害怕得一个劲儿摇头，把电话推得远远的，但我们还是能听见。

悠儿白了她一眼，拿过电话说："您好，皮蓬布林克先生！我是悠莉雅，蒂妮珂的朋友。"

那个爷爷说："噢？有什么事就说吧！"

悠儿深吸了一口气，说："其实蒂妮珂有点儿害怕，怕自己会

想家。您当然很好，可她和您不熟。"

感觉得出来，电话那头的爷爷在沉思。他说："所以她不想来啦？太可惜了！她不好意思和我讲所以让你和我讲吗？"

蒂妮珂可不是这样想的，悠儿也不是。

悠儿说："不，不，不是这样的！您那边肯定很好，她只是会想家，她说——"

蒂妮珂小声插嘴："这个你说过啦！"搞得悠儿很不好意思，但还是接着说："如果我们一起去，她就不会孤单，也就不会想家了。她已经习惯和我们一起玩儿了。"

电话那头不出声，悠儿赶紧说："也就一两个晚上吧，等她适应了就行！"电话那头的爷爷笑了："真是意外啊。你们几个人呢？"
悠儿赶紧说四个女孩儿，蒂妮珂、弗丽茨、她，还有一个塔拉，我
们不需要很大的地方，也没什么要求，随便吃点儿就行。爷爷又笑了：
"四个女孩儿，好的！那有几个男孩儿呢？"蒂妮珂和我互相看了看，
我们没想过这个！蒂妮珂想家也肯定不需要男孩儿来安慰啊。悠儿
说："可能有……三个？"我觉得悠儿这样说有点儿傻，不过她也
和我们一样没想到。

那个爷爷说："四个女娃儿三个男娃儿！这是要过节啊！你们
都来，我们的客房里住不下啊！"

我正想这是不是委婉拒绝，悠儿又赶紧说："我们可以睡在草
垛上，农家乐！我们不挑！"

那个爷爷又笑了："现在没有草垛啦！你不会以为我们还自己
做干草吧，不做啦，不做啦！"

悠儿说："不做了？"她努力想的好主意也白搭了！

那个爷爷说："你们有帐篷的话也可以，湖边地方很大！只要
你们愿意，家长也同意，就当然没问题！"

悠儿看看我们，家长同不同意才是问题的关键。

那个爷爷又笑了。我真不知道为什么老年人总有这么好的心
情，老了多不好啊，还好，我九岁。不过克里菲尔德爷爷也经常笑。

那个爷爷说："还不知道住帐篷什么感觉？那最好先问问！湖

边有很多地方，但要夜里不害怕的孩子才行！"

我说："我们夜里不害怕！经常睡帐篷，在我们家院子里！"开着免提那边能听见。

那个爷爷又笑了，我真搞不懂为什么。他说："那就行！下午等马库斯和尹可回来，你们再让家长打个电话，告诉我们一共来几个人，再见啦，女娃儿们！"然后就挂了，我们互相瞅着对方。

悠儿说："棒极了！我们要去旅游啦！"

我也说："棒极了！"

不过，我不确定爸爸妈妈会不会让我们去，有时候他们真的很固执。

做 准 备

果然和我想的一样糟，甚至比我想的更糟。悠儿说等爸爸妈妈们都回来了我们再告诉他们，那个爷爷请我们去农场玩儿（其实也不是他请我们去，不过悠儿就是这么说的），他们肯定要商量一下。蒂妮珂的妈妈也肯定要给农场的表妹打电话，在她回家之前我们没必要和父母说。和男生们也先什么都别说，他们肯定憋不住，说不定就坏了事儿。不过我们可以先列个清单，想想要带什么东西。我说："还不知道能不能去呢！"悠儿说："那又怎样？就算去不成，最多浪费一张纸而已！纸太贵了买不起吗？要不要我给你一张？"蒂妮珂也说想列个清单，她现在很开心。

于是我们拿了一张纸，开始列清单。

我首先写上了"帐篷"，幸好地下室里有一个，爸爸妈妈生我

23

们之前老带着它去旅行，虽然很旧，但还能用，我和蒂妮珂已经用它在院子里睡了四回。我想，到了农场上是不是要和派特亚一起睡里面啊？我不想那样。弗丽茨和悠儿有一个大帐篷，她们之前带着它去过三次丹麦，去年的夏日嘉年华我们所有孩子也都睡在里面（除了茅斯），我们女生挤在后面，男生挤在前面。于是我想这次可能所有女生都睡里面，就没那么吓人（我和那个爷爷说我们不害怕，但谁知道呢，我们又没在湖边睡过）。三个男生可以挤在我家的旧帐篷里。

然后我们又写下了"睡袋""泡沫垫""充气床垫"。我还写了"食品饮料"（差点儿想不起来怎么写，写错了再涂改就不整洁了，还好想起来了）。悠儿说千万别忘了手机和手电筒，在黑漆漆的湖边手电筒能救命（搞得我都有点儿害怕了）。

我们在院子里写，男生们不时地偷偷跑过来，问我们在干什么，他们总想知道我们在干什么，但我们什么也没说。

派特亚说："女生们戒瘾难受啊，已经开始想念学校了！看啊，文森特，她们暑假还写作业！"

我说："闭嘴，傻瓜！"人戒掉上瘾的东西就会难受，悠儿和弗丽茨的爸爸戒烟时就很难受，最后没戒成。

悠儿对派特亚说："暑假写写作业对你应该很有好处！"她和派特亚同班，知道派特亚学习不好。

劳林突然一脸惊恐，他肯定想起来，如果妈妈对他的成绩不满意，他暑假肯定也要天天写作业。

派特亚得意地对悠儿说："我上学的时候都不做作业，都是我的奴隶帮我做！"（希望不是真的）说着还拍了下文森特的后背。

文森特甩开他，说自己才不是他的奴隶，别吹牛了。男生们打打闹闹地走开了，我们终于可以继续写清单。最后我写了很长很长的一个单子，差点儿忘了还不知道能不能去呢。

然后，我们一起去了克里菲尔德爷爷奶奶家，我们听见他们在院子里说话，而且我还没喂兰比呢。

我们跳过小围栏的时候，克里菲尔德爷爷说："呀，是我们最喜欢的四个女孩子！老伴儿，有人来看我们啦！"

我说我们只是来喂一下兰比。

克里菲尔德爷爷说："那你们随意吧！"然后拿起报纸又说："蒂妮珂，我听说你明天要出去旅游了？塔拉可有不少活儿要干咯！又要喂兰比又要喂你的兔子，哈哈哈！"

我和蒂妮珂互相看了看，根本就没想到这一点！如果我们都去旅游了，谁来喂兰比、小黑绒和小白绒呢？茅斯肯定不行，他太小了。蒂妮珂答应过她妈妈，永远永远不用她操心兔子的事，不然她妈妈也不会让她养两只。

蒂妮珂说："哎呀，真该死！"

克里菲尔德爷爷抬了下眉毛，说："我没听错吧？"然后又开始看报纸。

我们现在已经顾不上用词什么的了。我说："克里菲尔德爷爷，如果我去旅游，你能不能帮我喂兰比啊？"

克里菲尔德爷爷抬起头说："当然，租金里都包含了！不过，你不去旅游吧？是蒂妮珂要出去玩儿啊，还是我搞错了？"

我接着问："那蒂妮珂的兔子你也能照看吗？"

克里菲尔德爷爷说，幸亏不用想这个问题，因为据他所知，蒂妮珂的兔子有人照看。不然真的很麻烦，他不知道怎么从自家院子到蒂妮珂家的院子，瓦赞家肯定不乐意每天有个他这样的老头儿从自家草坪上踩过。

弗丽茨说："你一点儿都不老，克里菲尔德爷爷！"我不得不打断他们："是，但如果呢？如果蒂妮珂去旅游，我也去旅游，你会不会喂小黑绒和小白绒呢？你可以大步跳过瓦赞家的院子，就踩地四次！他们肯定不会凶你！"

克里菲尔德爷爷紧闭了下眼睛，然后说，我们肯定有什么事瞒着他，还是告诉他吧。

我看看悠儿，悠儿点了点头。我不知道为什么和克里菲尔德爷爷说这些事很容易，和爸妈都不愿意讲。克里菲尔德爷爷从来没熊过我们。

克里菲尔德奶奶说："有什么事就说吧！"之前她总问我们要不要吃冰激凌，这次却没问，不过我们说了只是来喂兰比，一会儿就走。她说："我大概猜到了，你也猜到了吧，老伴儿？"

蒂妮珂靠在兰比的笼子上开始说。和克里菲尔德爷爷奶奶讲会想家一点儿也不难为情。如果她忘了什么，我和悠儿也会补充，只有弗丽茨什么都没说。克里菲尔德爷爷说："年轻人啊年轻人，真是一团糟！"

他又说，如果我们真的都去旅游了，没人管小黑绒和小白绒，那他照顾一下它们也是可以的，肯定能和瓦赞家找到双方都满意的办法。不过，首要问题是我们真的都能去旅游吗？他觉得不乐观。

他说："你们最好还是赶紧问问爸爸妈妈吧！早问早安心！"

但我们已经没退路了，就在这一刻，妈妈从栅栏上探出头来："孩子们？哦，你们好啊，威廉，乌塞尔[1]！今天暑假第一天，天气这么好，晚上你们要在院子里睡帐篷，我觉得很好啊！你们搭帐篷之前我得先把草坪快速修整一下！后面的草都被压扁了。"

我真是蠢！来克里菲尔德爷爷奶奶家时把单子留在院子里的桌子上了！妈妈肯定看到了，她已经把除草机从车库拿了出来。

我们互相看看。

克里菲尔德爷爷对妈妈说："女孩子们有事要告诉你，别训她们哦，也许是个不错的主意。"

---

1. 威廉，乌塞尔：克里菲尔德爷爷奶奶的名字。

6

大人们答应啦！

我们只好老实交代，因为是我妈妈，所以由我来说。

妈妈站在栅栏另一边，两手扶着除草机，听得哑口无言。

她说："你们是说，你们就这样打电话给不认识的人，问能不能去玩儿？还要去七个人？我的天啊！"

弗丽茨勇敢地说："不是不认识的人，是蒂妮珂的爷爷！"她成绩单上的评语说她要大胆发言，现在就照做了。

我说："是舅爷爷！"

妈妈很生气地看着我说："我还以为你会懂事点儿呢，塔拉！我一直以为把你教得不错，有教养懂礼貌！如果是派特亚，也许我不会奇怪，但你……"

然后她就不说话了，妈妈不该在一个孩子面前评价另一个孩子。

她望着蒂妮珂家的院子喊："有人吗？你们在家吗？"妈妈总说隔着院子大喊不好。

悠儿和弗丽茨的爸爸从阳台上向我们招手，说："有什么要帮忙的吗？"

妈妈叹了口气，让他赶紧过来，也让蒂妮珂的妈妈赶紧来，有要紧的事商量。

幸亏妈妈没让文森特和劳林的妈妈来，她要是来了我都能想到会怎样，她肯定会很激动，什么都不准。

我、蒂妮珂、弗丽茨一声不吭站在克里菲尔德爷爷家的院子里。

在大人们商量同不同意我们做什么事的时候，最好还是不要出声，他们都已经要生气了，我们再说什么他们只会更生气。她把整件事告诉了蒂妮珂的妈妈和悠儿、弗丽茨的爸爸，说蒂妮珂怕想家，我们给农场打了电话，现在他们也要给农场打电话，为孩子们的不礼貌行为道歉。妈妈说："真是丢死人了！"

悠儿和弗丽茨的爸爸说："丢人吗？"我这才发现他早就觉得这整件事没那么糟，不像妈妈。他说："为什么丢人呢？我觉得孩子们想得很清楚啊！她们遇到了问题，就想办法解决，这就是我们一直想教她们的啊！"他看着蒂妮珂的妈妈说："你觉得呢？你是要打电话给表妹道歉，还是问问她那位老爷子说的话当不当真？"

蒂妮珂的妈妈看起来若有所思，说："尹可和马库斯一整天都要在银行上班，不能把七个孩子扔给他们照看。"

蒂妮珂说："不用他们照看，我们自己照顾自己！"

我小心翼翼地说："我觉得爷爷也很开心，一直笑呵呵的。"

蒂妮珂说："是舅爷爷！"

妈妈同时说："塔拉！"

悠儿和弗丽茨的爸爸说："我觉得还是找个实际的解决办法吧！我们在这里瞎想什么呢？不如打个电话，问问又没事。"

我们这才知道悠儿这话是跟谁学的。

蒂妮珂的妈妈看起来有点儿不高兴，但也没别的选择，叹了口气说："那就问问吧。"然后就回家去了，从我家走到前面，没从瓦赞家的院子穿过去。

我们就站着等。我不敢看妈妈，无意间瞥到克里菲尔德爷爷时，他对我眨了下眼睛。男生们突然从我家院门里推推搡搡地过来，一身臭汗，肯定是刚在车库前的空地上踢完足球。

派特亚问："这是在开会还是在聚会？没说要聚会来庆祝暑假啊。"

我们海鸥街经常组织聚会，但派特亚也许能从大家的脸上看出，今天下午这个不是聚会。

蒂妮珂的妈妈这时也回来了。（还是从我们家进来，大门肯定开着，不然也没法儿跑进跑出，都是因为我们不能从瓦赞家的院子穿过去！派特亚说，如果有小偷溜进我们家，那都是瓦赞家害的。大门一直开着，小偷可以捡现成的。）她笑着说："成了！"我就知道。

我喊："太好了！我们要去蒂妮珂亲戚家的农场啦！"说着还拍了蒂妮珂一下。

派特亚说："女孩子们这是怎么了？你知道她们发什么疯吗，文森特？"

蒂妮珂的妈妈说她表妹承认，一开始听爷爷说我们的计划确实有点儿吃惊，但又和她老公一想，这样过五天也许更好，孩子们有玩伴，她和老公也不用老想着怎么逗蒂妮珂，让她不要想家。

蒂妮珂的妈妈有点儿不好意思地说："只是要给点儿伙食费，七个孩子呢，也可以理解吧。"

我完全可以理解。

派特亚问："啊？什么？能不能说人话啊？"

文森特问："为什么是七个孩子？什么意思？"

妈妈说不是，她也不知道要不要让派特亚去。女孩子都去，表妹已经够慷慨了，而且文森特和劳林的妈妈肯定不准他们去，派特亚一个男生和一堆女孩子待在一起肯定也不舒服。

派特亚说："什么？女孩子们能去旅游，而我要待在家里，就因为文森特和劳林有个讨厌的妈妈？"

妈妈大声说："派特亚！"

我也觉得这样不好，大家都这样说文森特和劳林的妈妈，他们肯定不开心！于是我赶紧说他们的妈妈一点儿也不讨厌。我和文森特都定好了以后要结婚，那他妈妈就是我婆婆，我现在最好护着她点儿。

克里菲尔德爷爷说："我也这么觉得！至少问问他俩的妈妈吧！孩子们开心，她也开心啊！"

于是悠儿和弗丽茨的爸爸就去找文森特和劳林的妈妈（当然又是从我家前面过去的）。两位家长一起回来，文森特和劳林的妈妈一脸不乐意地低声说："不好吧，劳林暑假还要补课呢！"

克里菲尔德爷爷问："补课？"

我知道她什么意思，之前劳林都不给我看他的成绩单。

他妈妈接着说："再说了，跟人家一点儿都不熟，能不能把孩子交给他们啊……"

她还说家里没帐篷，她也没时间送两个儿子去农场。她买了很贵的冥想课程，一天都不想落下。（我完全不懂冥想是什么。）

这就很清楚了，大人说担心，那基本说服不了。但如果只是说没帐篷、没时间接送，那没关系，只要有人肯帮忙，孩子们就能去。

现在是这样：悠儿和弗丽茨的爸爸说他家帐篷大，女生们都睡里面也睡得下；妈妈说三个男孩可以在我家的旧帐篷里挤挤，反正都瘦得很。

蒂妮珂的妈妈说她和她老公可以送孩子们去农场，反正明天两人都请了假，但他们只有一辆车，坐不下。

爸爸说好办，可以开我家的车。他骑车到地铁站再坐地铁去上班。

我觉得文森特和劳林的妈妈至少可以让人用一下她的车吧，其他大人都有贡献——弗丽茨和悠儿的爸妈提供了大帐篷，我爸妈提供了小帐篷，蒂妮珂的爸妈联系了他们家亲戚，所以文森特和劳林的妈妈至少可以把车借我们一天，但她也可能需要开车去上她的冥想课。

7

教克里菲尔德爷爷发短信

我们突然有好多好多事情要做。

爸爸想先在院子里把我们的帐篷搭起来，看看是不是能用，别去了之后才发现少了个夹子什么的。

弗丽茨和悠儿的爸爸也在院子里试帐篷，男生们都去帮忙了，不去收拾行李！妈妈说让派特亚收拾行李还不如她自己来呢，让他收拾肯定忘带一半东西，五天就穿着同一件衣服到处跑。太可怕了！不过完全有可能。

我自己按清单把东西收拾好，妈妈过来看是不是都备齐了。她说真棒，完全可以让我自己做。我、蒂妮珂、悠儿忘了写毛巾，所以毛巾没被打进包里。妈妈说肯定不能让蒂妮珂家的亲戚再为七个孩子提供毛巾啊。我想，没毛巾可能也没问题吧，在草地上住帐篷也没法儿洗澡，又不用像上学那样天天洗。但我突然想到，我们住在湖边，肯定会去游泳，那当然需要毛巾，于是隔着院子对蒂妮珂喊："带上毛巾！"

蒂妮珂回喊说她妈妈也发现了，弗丽茨同样大喊，她妈妈也发现了。瓦赞一家站在院子里饶有兴致地看着左右两边邻居都在搭帐篷，不过看起来没有生气。瓦赞先生还帮爸爸看哪里有问题，因为我们的帐篷站不稳。派特亚说在湖边搭帐篷他肯定没问题，因为他是专家。（我从来都不知道他是搭帐篷的专家，但他肯定得擅长点儿什么吧，反正收拾行李他不擅长！）

然后我和妈妈又检查了一遍，看是不是把所有要带的东西都装进妈妈的旧背包里了。派特亚用了爸爸的旧背包。我突然感觉我们像是要在野外过夜的探险家一样。

妈妈刚说这下绝对没落东西了，蒂妮珂就从我们家大门冲了进来（一直开着，今天下午真是不停地进进出出）。

她说："塔拉，我们还得告诉克里菲尔德爷爷怎么喂小黑绒和小白绒呢！"

我们光忙着收拾行李，都把这事给忘了！幸亏蒂妮珂想起来了，不然可就糟糕了！

克里菲尔德爷爷让蒂妮珂放心，他年轻时也养过兔子，那时虽然日子不好过，但圣诞节也要吃大餐，所以他知道怎么养兔子。克里菲尔德奶奶说："老伴儿你别逗她们啦！"我觉得克里菲尔德爷爷只是在开玩笑，他那么好的人一定不会吃那么可爱的小兔子。

他已和瓦赞家打好招呼了，现在是特殊情况，我们出去旅游期间他可以从瓦赞家后院穿过去到蒂妮珂家后院，我们回来后还得遵守老规矩。

瓦赞家很好吧？妈妈总说我们海鸥街不会有人老那么讨厌，友善会传染。

蒂妮珂说："如果小黑绒和小白绒生病了，你要给我发短信哦！"我们每天晚上准备睡觉时，她都需要给她妈妈发短信，这样大人就知道我们一切都好，不用担心。早上她还要再发一条短信，可能还要附一张照片，表示我们一夜平安。

妈妈要派特亚也早晚发短信报平安，但让我把手机留在家里，野外又没地方充电，进水了或弄丢了就损失大了，有什么意外派特亚有手机就足够了。

反正他也肯定不会把手机放在家里，没有手机他感觉就像没穿衣服一样，只是没不穿衣服那么难为情吧。

蒂妮珂说到要发短信，克里菲尔德爷爷突然看起来很不好意思，说："那你们可得教教我啊！"他当然早就有手机了，但只用来打电话，要写什么东西的话就写信，从来不发短信。

天啊！我知道克里菲尔德爷爷岁数很大，但不会发短信还寄信简直就像古代一样啊！他不会告诉我们，他小时候还和恐龙一起玩儿过吧？（当然是开玩笑啦。）

　　我们就教克里菲尔德爷爷怎么发短信，真想不到他学东西这么慢，我还一直以为克里菲尔德爷爷很聪明呢！后来，他从克里菲尔德奶奶的记事本上撕了张纸，清清楚楚、一步一步地写下来"第一、第二、第三"，第一步是"开机"……我们告诉他手机一般一直开着。渐渐地我都觉得他小时候可能真的和恐龙玩儿过！（当然也是开玩笑啦。）

最后，克里菲尔德爷爷终于成功地给蒂妮珂发了一条短信。我们把派特亚的号码也留给他了，因为他还要喂兰比。克里菲尔德爷爷说看着笔记就能搞定，而且只有紧急情况时才需要给蒂妮珂或派特亚发短信。

不过我和蒂妮珂觉得最好每天晚上都发个短信告诉我们小黑绒、小白绒还有兰比一切都好，不然我们睡不好觉，爸妈也要我们每天晚上都发短信啊。我们还说可以附带发张照片，我们就能看到宠物们都好好的了。

克里菲尔德爷爷说可以每天晚上发条短信，这事可以答应，但发照片学不会了，人老了脑子装不下那么多东西。

我们说没事，不能一次要求老年人学太多。

我爸爸和悠儿、弗丽茨的爸爸都在院子里搭好了帐篷，然后又都收好。瓦赞夫妇一直站在院子里端着葡萄酒杯看着。

我忽然想到，可以组织一次小聚会啊，庆祝暑假开始，也为我们送行。但妈妈让我看看表，夏天天黑得晚，其实已经不早了，明天是令人兴奋的一天，所以我们这些小孩儿最好还是都上床睡觉吧。

蒂妮珂的妈妈也这么说，文森特和劳林更是早就不见了，只是我才发现。

于是我就上床了，觉得自己肯定会兴奋得睡不着。

茅斯生气，派特亚尿急

我之前是不是说会兴奋得睡不着？哈哈哈！第二天早上妈妈把我叫醒时说，晚上来我房间和我说晚安，我都已经躺在床上，脸上盖着一本书在打呼噜了！看着书就睡着了，灯都没有关。（说我打呼噜我可不信。）

早饭我倒真是兴奋得吃不下，但妈妈说不吃不行，不填饱肚子不许出门。吃过早饭我就把背包放在了门口，十点就要出发了。弗丽茨和悠儿已经站在门口，弗丽茨还抱着毛绒娃娃。（我把最喜欢的娃娃乐塔塞在了背包里，路程不长没关系，而且娃娃也不是活的。不过我还是觉得塞在背包里不好，感觉有点儿残忍。）

文森特和劳林也从他们家前院出来了，带着一个很奇怪的金属箱子，文森特说这个叫飞行员箱，他们两个人的衣服都在里面，反正他们睡同一个帐篷，没问题。而且这样的箱子不怕风吹雨打，可以放在外面，帐篷里就有更多活动的地方了。

蒂妮珂自然拿了她那个漂亮的粉色行李箱，上面还有公主图案，是她圣诞节的礼物。她说很高兴终于能用上了，不过觉得我的背包也不错。

我问她："你把劳拉·卡特琳娜带上了吗？"九岁还玩儿娃娃也许年纪太大了吧，但只是在家里这么认为，出门旅游还是需要带上最喜欢的娃娃（或动物）。

蒂妮珂的爸爸问："派特亚呢？"

海鸥街的大人们都聚到了我们家门口（只有文森特和劳林的妈妈不在，她要去上课），克里菲尔德爷爷奶奶也来了。克里菲尔德奶奶还把一个鼓鼓的塑料袋塞到我手里（塑料袋当然不好看，但放在车里也没人看见），说这是她老伴儿特意起个大早去超市买的，让我们在路上吃。

他们很好吧？克里菲尔德爷爷奶奶准备的零食里肯定有很多好吃的，巧克力啊、橡皮糖啊、甘草糖啊。昨天太晚了，又有许多事要做，我们就没有去买吃的。今天早上妈妈就切了些胡萝卜和苹果装到我们的早餐盒里，那些可比不上糖果。

我说："谢谢克里菲尔德奶奶！谢谢克里菲尔德爷爷！"

克里菲尔德爷爷说不客气不客气，乐意效劳。今天早上胡子都没刮就冲出去了，平常绝对不会，可为了他最疼爱的女孩儿男孩儿们什么都可以。不过男孩儿们还少一个人——派特亚。

妈妈嘟囔着："这小子跑哪里去了？"派特亚的背包已经放在门口了，但不见他人。

妈妈突然用食指指着我，好像要把我戳破似的，不应该用食指指着人说话啊。她说："我的好女儿，我们俩忘了把什么装进包里啦？"

我耸耸肩，妈妈自己都说绝对没忘装任何东西啊。我说："没有啊，都带上啦！"

我还没说完妈妈就跑进了屋里，出来时拿着我们家的红色急救箱。里面的东西不能玩儿，都是真的，紧急情况下能用到，有创口贴、剪刀、纱布、绷带，一瓶受伤时用的药水，还有一块大白布，我也不知道有什么用。

妈妈说："我觉得应该用不着，要不然也不会让你们去，不过有备无患嘛！"

我们把急救箱系在了我的背包上，派特亚还是没有出现。

蒂妮珂的爸妈说最好男生一辆车，女生一辆车，蒂妮珂的妈妈开女生那辆，她爸爸开男生那辆（就是我们家的车），这样路上就不会吵起来，但我们还是得决定谁坐前面谁坐后面。女生车后座有点儿挤，因为要坐三个人。本来应该蒂妮珂坐前面，因为是她家的车，她年龄也够大，可以坐前面，但她说要和我坐后面（还有弗丽茨），大方地把前座让给悠儿。蒂妮珂的妈妈说这样也好，悠儿已经上五年级了，还可以帮着看导航。悠儿说很乐意。

文森特和劳林坐进我们家车的后座，蒂妮珂的爸爸把他们的银色飞行员箱和派特亚的背包放进了后备箱。

茅斯突然大嚷："我呢？我坐哪里啊，妈妈？"他肯定才意识到不能跟着去！一看就看出来啦。真可怜！

可能他看到蒂妮珂的爸爸从我们家车里把儿童座椅拿了出来，

放在我们家大门前，孤零零、脏兮兮的。

妈妈说："你过会儿要和我去买东西啊！我一个人可不行，大小伙子！"但茅斯明显不想去，大喊："我也要去旅游！"

克里菲尔德爷爷弯下身子对他说，很高兴茅斯留在海鸥街的家里，他俩终于能一起做许多很厉害的事儿。他说："就我们俩，茅斯，保密哦！"

但茅斯并没有感觉好点儿，他大叫："我不要做厉害的事！你这个傻瓜，我要去旅游，和派特亚一起！"

妈妈按住茅斯的肩膀，但克里菲尔德爷爷只是笑笑，没有生这个小伙伴的气，他说口无遮拦没关系，男人之间就是这样。

茅斯一边挣扎一边喊："放开我！放开我！"

这时派特亚终于出现了，穿着厚厚的冬装。妈妈很生气地看着他，本来茅斯就够她烦了。她问："这是要干什么？你要去滑雪吗？"

派特亚看了看背包已经放进后备箱，就把外衣放在背包旁，关上后备箱的盖子说："谁也不知道天气会怎样！晚上睡帐篷可能冷死！"

妈妈摇摇头，说不该说什么死不死的，但派特亚已经上车坐到了副驾驶的位置。他说："下冰雹的话别人还要抢我的衣服呢！可以走了吧？"说着还给了妈妈一个飞吻。

真是搞笑，我们就是因为等他才没走。

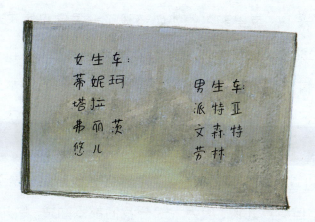

车一开动，茅斯又叫又闹，脸也通红。我觉得当家里的老小有时候真不好，不过自然而然也就会长大了。

之前我那么高兴要出去玩儿，现在从后车窗里看着爸爸妈妈（还有克里菲尔德爷爷奶奶）渐渐不见，突然有点儿不舍，是不是很奇怪？不和爸爸妈妈一起出去旅游，也不知该高兴还是该伤心。我觉得也正常。

不过这感觉很快就过去了，蒂妮珂的妈妈打开车上的收音机，说放松一下，导航也不停说该在哪里转弯。很快我们就上了高速，一直往前走。

我说："看看克里菲尔德奶奶都给我们装了什么吧！"大家都说好。一打开才知道，克里菲尔德爷爷每样东西都买了七个！这样就不用抢了。有七个巧克力棒、七条甘草糖，还有一盒七个夹心巧克力（本来一盒十个，克里菲尔德奶奶拿出去三个，克里菲尔德爷爷应该很高兴）。克里菲尔德奶奶还放了一袋字母饼干和一袋小贝勒奶酪，奶酪不适合旅行时带，因为要放在冰箱里，帐篷里肯定没有冰箱。不过悠儿说可以把奶酪用塑料袋扎紧放到湖水里，再压块石头固定住，把湖当成冰箱。今天晚上就把奶酪都吃了，在帐篷里开午夜聚会。我们都觉得很好。

然后我们就无聊起来，在高速上总会这样。我们先玩了"看车牌说地方"，但有点儿傻，因为大部分我们都不知道。悠儿提议玩"猜名人"，但我们在家总玩儿这个，没什么特别，而且老是悠儿赢。

弗丽茨说可以玩"我想要"，就是说出自己在实际生活中不可能得到的东西。

我说："好啊！我想……想要……一匹小马。"

蒂妮珂说："我也要！我准备说这个呢，塔拉！"

我问悠儿："你呢，你想要什么？"

悠儿说这游戏很傻，她只想要我们别烦她。

悠儿就是这样。

我又问弗丽茨："你呢，你想要什么？"

弗丽茨想了一会儿，这游戏可是她提议玩儿的啊，她应该知道自己想要什么。

她说："我想要每天都是生日！比小马好，如果每天都是生日，那我每天都能得到一匹小马！每天都能收礼物，每天在学校都能戴生日王冠……"

悠儿转身冲着后座说："你真是蠢到家了！"要我们别烦她，她却要来烦我们！她说："那你三个月后就一百岁，就要拄拐杖了，真是世上最蠢的愿望！"

我和蒂妮珂互相看看，我们都没想到这一点！每天过一次生日，那当然就每天长一岁，这可不好，我可不想那么快长大，我不喜欢当大人。

幸亏这时蒂妮珂妈妈的手机响了，不然我们可能又要吵起来。悠儿接了，因为蒂妮珂的妈妈在开车。

是蒂妮珂的爸爸，他说要在下一个服务区停车，因为派特亚尿急。

蒂妮珂拍了下脑门，说："尿急！他之前来那么晚肯定就是因为喝了一大桶水！"

我说："来那么晚至少也能上个厕所啊！"蒂妮珂的妈妈问我们女生是不是也要上厕所，要的话她就去服务区。我和蒂妮珂互相看看，然后我说倒不急着上厕所（尿急多难为情啊，像小婴儿一样），不过休息一下也不错。

我们刚一下车，就看见蒂妮珂的爸爸站在那里，他说男生们都到草丛里方便去了（服务区在里登巴克[1]，没有厕所），我们女生也可以去，但我们觉得很恶心，反正也不着急。

---

1. 里登巴克：地名。

派特亚没去草丛里，他就站在后备箱跟前，刚把盖子盖上。

蒂妮珂小声对我说："天啊，不会吧？他朝后备箱里撒尿！"

我说派特亚能干出很多事，但这事应该干不出来（妈妈总是这么说）。蒂妮珂的爸爸问派特亚要不要也去草丛里方便一下，文森特和劳林都回来了，大家可是因为他才停下的。

但派特亚说不用了不用了，多谢，尿急消失了，好像魔法一样。（我觉得真难为情，但他就是这么说的。我也想写些不难为情的东西，但并不总能如愿。）

蒂妮珂的爸爸说好吧，不过到目的地之前可不再停车了，不管派特亚憋尿憋得有多难受，这里是他唯一放松自己的机会，不去是他的问题了。蒂妮珂爸爸说："就算尿到座位上，我也无所谓，反正不是我的车，是你们家的车，你去和你爸爸解释。"

我和蒂妮珂哈哈大笑，想象派特亚那个样子……（这里我就不写出来了！）派特亚白了我们一眼，说："小屁孩儿，这么点儿小事也能这么开心！"

蒂妮珂大声说："你尿在车里可不是小事！还是说你要一片尿不湿啊？"我们又哈哈大笑，笑得我真快尿裤子了，幸好蒂妮珂的爸妈说该上路啦。

9

小狗、果汁、帐篷

快到农场时，我们从高速上下来，先上了一条大路，又转到一条小路，最后上了一条小道，中间和两边连白线都没有。

我知道我们到了乡下，马上就要拥抱大自然了。

其实悠儿也不用帮着看路，因为导航都说得很清楚。但蒂妮珂的妈妈说现在我们都要帮忙，到农场的路非常不起眼，很容易错过，要看到一棵大橡树后右转。

幸亏我知道橡树什么样，叶子很好玩，有一个个小圆头。自然课上老师教过我们认各种树，我一看树皮就知道。

我大声说："就在那儿！"蒂妮珂也说认出来了，她去过一次农场。

我刚看到房子时有点儿惊讶，说起农场总会想到老旧的茅草屋，但这农场的房子可不是茅草屋。蒂妮珂的妈妈说房子是她表妹尹可的爸爸在 20 世纪 70 年代建的，离现在也不算久。学校里教过千以上的计算，按 1970 年算，到现在有 50 年了。50 年！爸爸妈妈都还没到 50 岁呢，所以也算老房子了，虽然看起来不旧。

旁边的谷仓看起来真的很旧，后面的马棚也是。一条狗从房子里向我们冲了过来，看起来哪个品种也不像，一直高兴得摇尾巴。

悠儿第一个下车，狗很兴奋地在她身上闻来闻去,她本该很高兴，却说："这就是看门狗？我可不想把东西交给它！小偷来了它都要握手欢迎！"

说得好像狗会握手一样！

蒂妮珂说只是因为薇拉看到自己了，很高兴她终于又来农场玩儿，狗就是这样。薇拉是这条狗的名字，它是一只母狗。

但悠儿说真正的看门狗应该不相信任何陌生人，要大声叫，她对薇拉来说就是陌生人。

薇拉还在我身上闻来闻去，我没躲，我喜欢狗摇着尾巴友好地在身上闻，好过凶巴巴地叫。不知道悠儿为什么要担心，又不是她家的农场。

爷爷（舅爷爷）终于出来了，说尹可和马库斯还在银行上班，所以今天由他来欢迎我们。

我好开心，虽然农场的房子看起来不像农场（也有一点儿像啦），但这位爷爷看起来完全就是农场的爷爷：戴着绿色的老式鸭舌帽，上面还有颗扣子；穿着一件绿色的外套，洗得都褪色了；脚上还穿着黑胶鞋！后来他说我们来的时候他正在用水管给地浇水。

他说："你们好，你们好！"然后让我们进屋去，已经为我们煮好了咖啡，不过我知道他说的是给大人，给孩子总有别的东西，就算嘴上只说咖啡。

屋子真的很大，看起来就像农场的房子，墙上贴着老式年画，沙发有点儿奇怪，扶手上还盖着布，茶几上放着咖啡壶和蛋糕。不过蛋糕是买来的，一看就知道，因为放在纸壳子上。（在我们家，就算是买来的蛋糕，妈妈也放在托盘上。不过爷爷可能没那么仔细，悠儿说男人就是这样。）

给我们孩子喝的东西放在一张很大的餐桌上，是自制的红加仑[1]和黑加仑汁，装在瓶子里，塞着奇怪的橡胶塞，旁边还有一杯用来兑的水。

爷爷说："招待不周，多多包涵啊！我知道现在的孩子都爱喝可乐，可惜没时间去买！尹可以前就很爱喝加仑汁。"

1. 加仑：又称醋栗，小型浆果，有红色和黑色等多种颜色。

我马上说反正我们也不能喝可乐，加仑汁就很好，虽然闻起来感觉不怎么样，不过在农场我宁愿喝自制加仑汁，很老派啊。可乐哪里都有，用奇怪橡皮塞瓶子装的自制加仑汁可只有在农场才能喝到。我们吃饱喝足后，那个爷爷站了起来，并示意我们也站起来。

　　他说："那走吧，男娃儿女娃儿们，我指给你们看看卧房在哪里，好不？"我很惊讶地看着蒂妮珂，我们还以为要睡帐篷呢！

　　他只是在开玩笑，他说的卧房就是湖边的草地，之前用来养牛。我们绕着房子走了一圈，真不敢相信这里这么漂亮！从帐篷一出来就可以直接跳进湖里！我很高兴带了毛巾。湖边有些芦苇，但中间有一小块地方是沙子，就像我们的专属沙滩一样，湖中不远处还有一座小岛。

　　那个爷爷说："注意哦，女士们，先生们！我们要把帐篷搭得离湖边远一点儿，下雨之后湖边会变得很泥泞。"

　　弗丽茨说："不会下雨的！"

　　他说："是，现在不会！不过要是你不把盘子里的东西吃干净，老天爷就要下雨咯！"之前人们相信有神在天上管天气，现在当然不信。

　　弗丽茨一脸吃惊，我小声对她说，这是老迷信，不用担心，我经常剩饭剩菜，茅斯更是如此，之后还不是太阳高照。

　　派特亚觉得这里很棒，但最重要的是男生帐篷别离女生帐篷太近。

他问文森特："你是想一直看女的穿睡衣跑来跑去吗？"

文森特说当然不要。

悠儿说："我们也不想看男生穿着睡衣，搞搞清楚！"

派特亚说他不会穿睡衣，小孩子才穿，他穿平角内裤。然后双方都同意男生和女生的帐篷之间至少要隔二十步。

蒂妮珂小声说："不然男生躺在睡袋里都能看见我们，而且我们在帐篷里还得一直小声说话。如果他们的帐篷在二十步之外，那我们就可以安心地正常聊天了。他们想看我们就得悄悄过来，我们肯定能听见。"

我听得后背直起鸡皮疙瘩，想象着晚上我们躺在帐篷里，男生们偷偷溜过来，尽管他们不是坏人。

蒂妮珂的爸爸妈妈和那个爷爷帮我们一起搭帐篷，尽管悠儿说这旧帐篷我们自己就能搭好，她知道怎么搭。但我觉得蒂妮珂的爸爸帮忙也好，保证一切都弄结实了，我可不想半夜醒来发现帐篷塌在身上。

男生们住爸爸妈妈的小帐篷，搭起来更简单，但那个爷爷也帮了忙，薇拉还一直在我们脚边绕来绕去。

帐篷搭好了，那个爷爷说："舒适、灵活还通风，比什么五星级酒店都好，对吧？"

我们说比五星级酒店好一千倍。

我们可以把东西从车上拿下来了，蒂妮珂的拉杆箱不太好拖，地上坑坑洼洼的，不过她说拎着也可以（这时我的旧背包就显得更实用）。

　　我和蒂妮珂都只有一个泡沫垫子，我们在院子里睡帐篷时总用，还从来没真正露营过呢。悠儿和弗丽茨除泡沫垫子之外还每人有一个充气垫子，她们自己吹起来，我觉得很实用。

　　我们的背包（还有蒂妮珂的粉色拉杆箱）都能放在帐篷前面，这样就不会妨碍我们在后面睡觉。男生们的帐篷不分前后，不过文森特说就因为这个才特意带了飞行员箱，放外面也没关系，不怕日晒雨淋。派特亚说他的背包也不怕，已经用了很久，质量很好。

　　劳林问："那要是晚上被坏人拿走呢？"

　　派特亚白了他一眼，说坏人才不会拿背包呢，他们会拐二年级的小男孩，然后要赎金。文森特接话："或者小女孩。"

　　我感觉心里有点儿发毛，尽管知道这只是个玩笑。幸好现在是白天，太阳照着，我不害怕，但弗丽茨都快哭了。

　　她大喊："你们别说啦！"

　　那个爷爷插嘴说："你们不该这么说，太不明智了！"他想不通，现在我们一起露营，就像一个团队一样，要团结，谁也不应该惹别人生气。

　　我觉得说得很好，但不知道男生们能不能做到。

丛 林 探 险

我们把蒂妮珂的爸爸妈妈送上车，他们刚坐进去，派特亚就大喊："等等！"然后他打开我们家车的后备箱，小心地拿出他的外套："我的外套！差点儿忘了！"

蒂妮珂的妈妈说这儿天气不会多冷，肯定不会到零度以下，派特亚穿着这件外套都能去北极了。

但派特亚说不怕一万就怕万一。

我们在车后挥手告别，直到看不见汽车。那个爷爷问我们能不能自力更生："你们不用保姆吧？"

我们说不用不用，谢谢了，我们可以自己来，自己来更好。那个爷爷说："不过你们下湖游泳时，不要让水超过膝盖，第一次下水时我要在旁边！"

我们答应了。

派特亚奇怪地把外套捧在怀里，好像捧着个金贵的娃娃，薇拉一直在他身边绕来绕去。

他说："你们看，这狗真机灵，知道这里谁是老大，所以总围着我转！"

悠儿说派特亚才不是老大，让他别瞎想了。文森特越来越觉得派特亚总惦记外套奇奇怪怪的，说："你捧着它就像捧着圣杯似的！"

派特亚说："它就是圣杯，你等着瞧吧！"圣杯是骑士们的宝贝，文森特在学校学的。现在他不和派特亚、悠儿一个学校，不过他说宁愿和他们在一个学校。

我们回到帐篷那里，派特亚把外套放进帐篷，然后说我们得先去周围看看，下水游泳当然好，但我们得先知道周围是否有危险。他指着湖边尽头的一个角落说："什么都可能藏在那里！谁知道丛林里潜伏着什么！"

弗丽茨又害怕起来，但悠儿说那可不是丛林，派特亚瞎扯。那是防护林，种在田边防风的。

派特亚说："是啊，但敌人也许以为防护林就是丛林，躲在里面等着攻击我们呢。"

悠儿转过身去，说："我还是留在这里布置一下帐篷吧！"

我想了想做哪个比较好，其实更想去玩儿，万一真的是丛林，我们得去看看啊，蒂妮珂也说想去，布置帐篷什么时候都可以。

我们对悠儿说她不想去可以自己待在帐篷里看东西，我们反正要跟着男生们去丛林，弗丽茨也去。

我们当然不相信有什么藏在林子里，但还是被吓了一跳！刚到那里就听见树枝一阵响动！我正准备小声说里面真有东西，就有两只鹿从树丛里无比迅速地窜出来，在离我们只有几步的地方叫了几声。蒂妮珂大喊："救命啊！"弗丽茨躲到我身后，双手紧紧抱住我。

派特亚大叫："哎呀，是尖角族！我都和你们说过了，快追！"

追也追不上，那两头鹿跑得比火箭还快，已经跑到另一边，消失在下一片树林里。

文森特说："没追上，这次就差一点儿，不过现在我们知道敌人在哪里了，下次抓住它们！"鹿又不是敌人，而且也没长尖角，最多只是鹿角，自然课上学过。但这两只没长角，所以肯定是母鹿（也是自然课上学的，现在我才发现石特林老师教我们的东西多有用）。

派特亚说："谁知道它们什么时候攻击啊！尖角族可不允许生人踏上它们的领地！万一它们晚上来攻击帐篷，那我们就倒霉啦！"

真是胡说八道！鹿又不用怕，长角的也不用怕，它们怕我们才对，但弗丽茨还是一脸恐惧。

我正要让派特亚别老胡说八道，男生帐篷里就传来一声叫喊，悠儿大呼："救命啊！这里有野兽！"也不知道她去男生帐篷里干什么。

派特亚说："我就说吧，它们已经进攻了！冲啊！"然后就冲了过去。

我们都冲了过去，包括女生，尽管我一点儿也不相信可爱的小鹿会攻击我们的帐篷——我都看见那两只鹿消失在树林里，但悠儿也不会毫无理由地大喊。

我喊道："我们来啦，悠儿，我们来啦！"我有点儿害怕，帐篷里的东西可能是毒蛇，或是会咬人的狐狸，电视上还说我们这里有熊！（不过熊应该进不了男生的帐篷，要钻进去就会把帐篷弄塌。）

我们上气不接下气地跑到帐篷那里，悠儿不叫了，撅着屁股从帐篷里倒着爬出来。

　　她气愤地对派特亚说："你这个蠢货！"

　　你猜她怀里抱着什么？兰比！帐篷里的东西是兰比！派特亚偷偷把它从家里带出来了，我猜肯定是裹在外套里，所以他才一直那么奇怪地抱着外套，好像抱着宝贝一样！所以薇拉才一直在他身上闻来闻去！

　　派特亚说："你才是蠢货！看到这么小个豚鼠也叫成那样！"看得出来他有点儿恼。

　　悠儿说："你脑子坏掉啦！不能直接就把兰比带来啊！你问过人家没有？"

　　派特亚从来不问。

　　他说不能自己跑出去旅游，把小宠物独自留在家里。

　　他说："我要负责！"

　　我白了他一眼，在家里他从不知道负责，一直都是我去喂兰比（不过我很乐意），他也从没打扫过笼子（这我就不太乐意了，有时克里菲尔德爷爷打扫，还要偷偷地，因为不能让妈妈知道，妈妈要发现我们给克里菲尔德爷爷奶奶添这么多麻烦肯定很不好意思）。

悠儿问派特亚把兰比放在帐篷里干什么，又拿什么喂它。派特亚说周围都是草地，长满了绿油油的草，这么一只小豚鼠肯定能吃得饱饱的。

我问："它要跑了怎么办啊？你又没笼子！"

其实我很开心兰比也在这里。

就在这时，那个舅爷爷一边朝我们这边跑来，一边大声问："谁是派特亚？谁是塔拉？"对他这个岁数来说跑得真快（他怕很快会把名字忘掉）。

悠儿抱着兰比，他就看着悠儿说："是你吧？你妈妈刚打电话来，她问……"

我说："不是她，我才是塔拉！"

那个爷爷叹了口气说："是吗？那不是你的豚鼠吗？没事，反正问题已经搞清楚了，豚鼠在这儿呢！"

然后他说妈妈打电话来说克里菲尔德爷爷刚去过家里，说我们的豚鼠不见了，她打派特亚手机想问问是不是我们偷偷拿走了，但派特亚不接电话。

悠儿说："他忙着抓尖角怪呢！"还说听见男生帐篷里手机一直响，才想去看看是谁的手机，可能是很重要的电话。

确实，是妈妈打来的。悠儿说找手机时抖了抖派特亚的外套，兰比突然掉了出来，跑到文森特的睡袋下面。

她说："我还以为是黄鼠狼什么的！"

那个爷爷咯咯地笑："年轻人啊！有啥好怕的。"然后又严肃起来，让派特亚赶紧给妈妈打电话，把他干的好事讲清楚，告诉妈妈兰比好着呢，克里菲尔德爷爷都急坏了。然后我们再一起去棚子里看看旧兔子笼还在不在，之前农场上一直养兔子。

他说："时不时来个烤兔子肉，香得很！"

克里菲尔德爷爷也这么说！不过我觉得这个舅爷爷是真的会吃兔子肉。

11

营 地 晚 餐

棚子里真有旧兔子笼的零件，还有木架子和铁丝网，组装起来就行。一开始我们决定不了把笼子放在湖边哪里，最后还是放在了营地后面。那个爷爷说要有个小屋给兰比躲雨，也能防止老鹰从空中来抓它。这个完全有可能哦，老鹰也想换换口味，吃个美味的豚鼠。我们在棚子里还找到了一个旧的小木屋，之前是给兔子用的，我们用湖水把它洗干净了。

看得出来兰比也很高兴，一开始它到处闻，然后就开始吃蒲公英。

那个爷爷回屋里去了，我们换上泳衣，虽然还不能游泳，但至少能试试湖水凉不凉。蒂妮珂嘀咕道："不用换衣服啊，反正只能走到膝盖深！"但一到水里，男生们自然就开始朝我们泼水，所以穿着泳衣也好。水不凉，很暖和。

文森特大喊："打水仗咯！冲啊！"

我们也喊着："来啊，你们不是尖角怪都敢追吗，来啊！"

我们互相泼水泼了很久，看起来都不像只走到膝盖深的地方，而像走到了脖子那么深（我的脸都湿了），希望那个爷爷会相信我们只是打了水仗。

后来，男生们觉得泼水没意思了，派特亚和文森特就把我和蒂妮珂往水里按。

我大喊："只能到膝盖！这都到胸口了！"

派特亚向文森特耳语了什么，然后两个人就笑得要背过气去。

我说："有什么好笑的！"我早就从水里站了起来，但派特亚还是用手指着我，笑得直不起腰。

劳林大喊："快告诉我有什么好笑的啊！派特亚，快告诉我啊！"

派特亚和他耳语了什么，劳林也用手指着我说："乳房！女人的不叫胸，叫乳房！"

我拍了下脑门，派特亚有时会开很蠢的玩笑，真是的，像小屁孩儿一样！

悠儿说这是性别歧视，让他不要再说这样的话，不然回家后就告诉他妈妈（也就是我妈妈），有他好看的。

派特亚说女人真矫情，动不动就生气。我正怕他们要吵起来，幸好一个女的走到湖边，一直朝我们招手。

蒂妮珂喊着跑向她："尹可姨妈！"她昨天还说和姨妈不太熟。

姨妈看起来很好，但一点儿也不像农妇。她刚从银行回来，还穿着制服和高跟鞋，走在草地上很不方便。

她大声说："你们来啦！真好！你们要来我们都很高兴！"她人真好，昨天下午才知道我们要来呢。她让我们赶紧穿上干衣服到屋里去，晚饭好啦。我很高兴妈妈想到了带毛巾，打完水仗擦身子正需要。

我们朝房子走去，派特亚对悠儿说，能在屋里吃饭当然很好，但感觉不太对。

他嘀咕道："我们睡在野外，现在却要去五星级饭店吃饭！"

悠儿说，五星级饭店倒也不是，不过她也觉得不太对。睡在帐篷里，那吃饭也应该在帐篷里，在帐篷前面也行啊。大人肯定觉得我们做不到。悠儿说："文森特，你去问问能不能在营地吃饭！"

看来我们没和男生们闹翻，还好还好。

文森特问："为什么我去啊？"因为他总能把事情说得最清楚，而且很有礼貌。蒂妮珂的亲戚已经把大餐桌布置好了，还铺上了桌布（有人来家里做客时妈妈才铺桌布，不过我们就是来做客的）。桌子中间还放着一瓶花，看起来很隆重。

我想，他们把桌子摆得这么好，特意为我们布置得这么漂亮，我们却说要在外面吃饭，他们会很伤心吧。文森特也不敢说要在营地吃饭，我们都站在门口，不进去坐。

那个爷爷说："上桌吃肉啊！你们肯定饿了吧！"

桌上其实没有肉，只有十个盘子、十个杯子（七个孩子加三个大人），中间还有三个大盘子，放着切好的面包。

他们还费心为我们在面包上涂好了黄油，我们总不能说不要吧！

不过文森特还是说了，他很礼貌地说桌子布置得非常漂亮，我们很感谢他们这么隆重地招待我们，但如果他们不介意，我们还是在营地吃饭比较好，也不会把屋里弄脏！

他真机灵。

但尹可看起来还是有点儿吃惊，问："在营地？那也太不舒服啦！"她老公马库斯笑了起来，说完全可以理解，他还是小孩子时也喜欢在营地吃饭。

他看起来也像个半大小子。

那个爷爷说，本来今天要吃顿丰盛的晚餐为我们接风，还要把事情都和我们说清楚，不过他也能理解，说以后我们可以自己从厨房拿东西去营地吃，这次吃完把餐具送回来就行。他是不是很好？

尹可从厨房拿来塑料碗，我们把切片面包堆在上面。她还拿来一个大牛奶罐，是以前那种老式罐子——在超市还买不到牛奶时那种——装上加仑汁。

我们还拿了玻璃杯，但尹可说有点儿危险，倒不是舍不得杯子，而是怕我们打碎了扎到脚，她向我们爸妈保证过，要看管好我们。

她问马库斯："那怎么办呢？"

我们家有五颜六色的塑料杯，野餐的时候总用，但家里没孩子的话可能就没有这些。

马库斯突然说："等一下！"然后就跑走了，拿回来一堆一次性白色纸杯。

弗丽茨说："不能用这个！对环境不好！"

她真的照成绩单上的评语做了！勇敢地表达自己！但我觉得有点儿不礼貌。

尹可说可以看出纸杯上面落了不少灰，因为已经在阁楼上放了很久，她也不想再用，买的时候人们还不太注意环保。不用也是放着，我们就用吧。明天她去市里给我们找找塑料杯。

悠儿说我们很乐意用一次性纸杯，直接扔掉或者我们用过再扔掉，对环境的影响也没区别，所以我们用这些杯子喝东西也不用内疚。

　　说得也对。之后我们一起回营地去了。

　　可惜薇拉不能和我们一起，尽管它一直摇尾巴，但马库斯说它只会把我们的面包都吃完。

12

刷牙遇到会跳的"蛇"

晚饭吃得很好，尽管不太像露营的晚饭。派特亚说露营当然不会用塑料碗吃饭，要用打火石生篝火，也不会在火上烤奶酪面包，而要烤熊肉。文森特说："这里可没有多少熊！不过你可以烤豚鼠肉来吃！"他不是说真的。

我们把奶酪面包当熊肉，悠儿大部分时间是素食主义者，她说把奶酪面包当采来的野莓。

我们正说着，文森特忽然拍了一下脑门说："哎呀，劳林！第一天就忘记做题啦！"他告诉我们，劳林答应每天做一页题，妈妈才让他来玩儿，结果第一天就给忘了。我说："那就明天做两页呗。"

但文森特说不行不行，这样不可以，劳林连一页都不想做，明天两页就更不想做了，最好还是今天帮弟弟把那页做好，下不为例。我觉得他真好。

文森特从男生帐篷里拿来本子，悠儿问能不能借一张纸（说借其实不对，写上字又不能还回去，所以应该说要一张纸）。文森特把本子给她，说尽管用吧。

　　蒂妮珂一脸惊讶地问："你也要做题啊？你爸妈要你补习吗？"悠儿爸爸不是很严厉，悠儿妈妈也很好，我们真想象不到他们要悠儿补习。

　　悠儿说："当然不是啦，我只是想弄明白你和你舅爷爷到底是什么关系。"

　　我问那为什么要纸。悠儿说在学校刚学过画家谱，现在要给蒂妮珂和她全家画一个，我们就能知道她和舅爷爷还有尹可、马库斯到底是什么关系了。

　　蒂妮珂说了好久才说明白，悠儿写了又划掉，划掉又重写，最后是这样的：

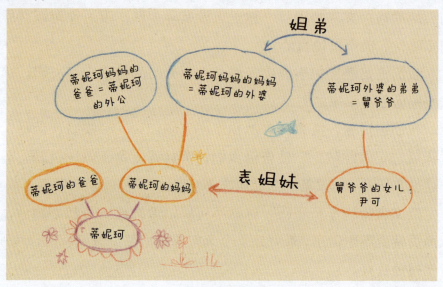

悠儿说，如果蒂妮珂都表达清楚了不再改了，那尹可其实是她表姨，那个爷爷是她舅爷爷，也就是她妈妈的舅舅。

蒂妮珂问："然后呢？"也许她没明白吧，我也觉得很复杂。不过我觉得画家谱很有意思，等回家我也问问爸爸妈妈，给我们家画一个家谱，可以贴在冰箱上，看起来很棒。

文森特一直从一本书里给劳林念算术题，让他写上，再把答案告诉他。他说不能代写，不然妈妈会看出他的笔迹，劳林还是要自己写。

然后我们女生把塑料碗拿回屋里去，男生没去。派特亚说要检查看看营地是不是真的安全，有没有危险，也许晚上还要轮流站岗。

悠儿说他们很好，不过她可不站岗，钻进睡袋就要一直躺到天亮，她要睡美容觉。

我、蒂妮珂、弗丽茨说我们也要睡美容觉，也不要站岗。其实我不是为了美，只是担心夜里一个人在帐篷外站岗会害怕，黑漆漆的，不过我不想说出来。

派特亚说行吧，女生就赖在帐篷里吧，反正站岗本来也是男人的事。

说得好像派特亚、文森特、劳林已经是男人了一样！（而且还歧视女性，不过这样倒是很好。）

我们把塑料碗送回屋里的路上，弗丽茨一直绕着走。

悠儿问她："你怎么了？喝加仑汁喝醉了？"

弗丽茨说不是，是为了避开漂亮的雏菊，之前开着，现在忽然合上了，就像要睡觉了一样，说明它们有生命啊！她可不想踩到。

悠儿说草也有生命啊，弗丽茨还不是踩到了，蒲公英也有生命啊，也没见她反对兰比吃蒲公英，所以现在为了不踩到雏菊而绕来绕去地走，实在是很傻。

我不觉得傻，如果花真要睡觉，那可能比草多一点点生命，我也不要踩到它们。

尹可很感谢我们把碗送回来，她说明早可以来拿早饭，现在要给我们一桶水，明早洗漱用。

她说："你们在湖里洗澡可以，但用湖水刷牙不好。"

我们根本都没想到！回去路上，悠儿说我们最好别在营地的沙滩上刷牙，至少要走出一百步。因为刷完牙后要把牙膏吐出来，我们可不想沙滩上都是牙膏沫。

弗丽茨说："可以吐水里啊，随着水就漂走啦！"

蒂妮珂说："然后就散到水里不见啦！"

悠儿说，不好意思，这样也恶心，她在湖里游泳的时候就会一直想着水里有牙膏沫。

我觉得没什么，有些孩子游泳时还在水里尿尿呢（不到万不得已我可不会），人还不是继续在里面游泳，况且牙膏没有尿恶心。

不过我没说出来。

我们回到营地，男生们让我们安心，他们没发现什么危险，不过晚上可不好说，在野外绝不能掉以轻心。

悠儿说，与其这样胡说八道，还不如把牙刷找出来去刷牙。在野外也得刷牙啊，找不到牙刷就只好用树枝啦。在有些国家，不是人人都有牙刷的，没有牙刷的人就用树枝刷牙。

男生们把牙刷找了出来（我想，幸好妈妈帮派特亚装了）。然后我们穿上睡衣（派特亚的睡衣其实就是平角短裤），提着水桶，光脚沿着沙滩一直走到一个长满芦苇的地方，反正我们也不会在这里游泳。

我们用手从桶里舀水，洒在牙刷上，挤上牙膏就开始刷牙，刷完漱漱口，把牙膏沫吐在芦苇荡里。

文森特说最好也清清喉咙，防止嗓子痒。他嗓子肯定不痒啊，

不然他妈妈绝对不会让他来。

他从桶里舀了些水，仰着头大声漱口，咕噜咕噜的，派特亚也马上学他，劳林也一样。然后派特亚说："来比赛看谁漱得最久，每个人都可以参加，女生也可以。尽管全世界都知道女生咕噜不了很久，上次奥运会都没她们。"

真是胡说八道！好像奥运会要比谁咕噜得久似的！不过我们还是都参加了。

我们发觉有点儿傻，因为要喊"各就各位，预备，开始"，嘴里不能有水，所以有个人不能参加。不过派特亚说国际比赛时不喊"各就各位，预备，开始"，都用发令枪，嘴里有水也没问题。

文森特问："那你带枪来了？"派特亚说我们要多点儿想象力，都在嘴里含一口水，包括他，然后他抬起右脚，一跺脚我们就开始咕噜。

文森特说从来没见过拿脚当发令枪的，不过也只能这样了。

然后我们就这样做了。你猜怎么着？我以为派特亚肯定能拿第一，或者是悠儿、文森特，也有可能是我，结果是弗丽茨咕噜的时间最长！其实咕噜不了多长时间，因为要喘气。

派特亚说要再比一次，竟然最小的女生胜出，完全是运气，必须要再比一轮检验一下。

我们所有人刚把一口水含进嘴里，文森特就把手指放在嘴上说："嘘！"（当然把水都喷出来了。）然后又指着后面。从芦苇的缝隙里能看到一点儿出农场的小路，那里有亮光一闪一闪的。

文森特小声问："那是什么？"

派特亚说："很可疑！怎么回事？"

悠儿转过头来说："停车而已啦！有什么可疑的！"

我们之间说话都变得很小声。文森特问："大半夜怎么会有人停车呢？再说那里什么也没有啊。"

悠儿白了他一眼，说："有人尿急呗，你们男生最清楚！"

派特亚摇摇头说："没人撒尿撒那么久！"

这时劳林突然大叫："啊！我脚上有东西！救命啊！"

我们赶紧往他脚上看，但亮光突然没了，我们什么都没看到。

文森特大喊："快开手电筒！是不是蛇？劳林，是不是蛇？"

我打开手电筒往劳林脚上照去，但什么也没发现，只看到他的脚很脏，进睡袋之前应该去洗洗。

劳林说："跑啦！"

文森特大声问："它咬你了吗？快说啊，咬你了吗？"

劳林摇摇头说："它会跳！还挠我！"

文森特说："给我看看你的脚！"他已经不关心路上的亮光是什么了，只关心弟弟。

我给他们照亮。文森特说："哎呀，真是有惊无险！这次没被蛇咬到。"

我觉得肯定是蛇都嫌他的脚太脏。

蒂妮珂和悠儿用手电筒在地上找，看蛇是不是还在那里，我们都不想被咬。

75

悠儿突然弯腰抓了什么东西。

她说："什么蛇啊！你们男生总是大惊小怪的！劳林，你是不是觉得脚上有东西跳来跳去？"然后摊开手，里面有什么？一只很小很小的青蛙，看起来很惊恐的样子。它一下就从悠儿手上跳到地上，跳走了。希望它没摔疼，从手上到地上很高。

劳林说就是感觉有东西跳来跳去。

文森特又问："真的不是扭来扭去？"劳林说不是，就是跳来跳去。

悠儿说："都告诉你不是蛇了！"还说太快了，没看清是青蛙还是癞蛤蟆，皮上有很多疙瘩的就是癞蛤蟆。

蒂妮珂大喊："恶心死了！"

我也觉得恶心，可不想皮肤疙疙瘩瘩的东西在我脚上跳来跳去。

悠儿指着之前有亮光的地方说："他们撒完尿了！不过你们肯

定又觉得他们是坏人！"现在那里和别的地方一样黑。

我说："或者是尖角怪来偷灯！"我想象着它们把灯挂在角上，觉得很好笑，不过之前说的尖角怪是母鹿，根本没有角，要挂灯就难了。

派特亚说早就看出来不是有人停车撒尿，他说："肯定是坏人突然听到有人叫就溜了，劳林喊得路上都能听见！我觉得就是坏人！他们发现有人看到后吓了一大跳！"

这也有可能。

不过反正车也走了，我们就回到帐篷里（劳林没有洗脚，我们都没有洗）。农屋的小窗户透出温暖的、黄黄的光，是一个个小亮块，我们就知道舅爷爷、尹可、马库斯还没睡。这感觉真好，不是因为我怕坏人或尖角怪，而是看起来很温馨。

13

差点儿被偷袭

我们钻进睡袋，拉上拉链。悠儿说四个人会很挤。我们夏天在车库前空地上睡帐篷时也是四个人，没问题啊。

我们还要把泡沫垫子和充气垫子铺上，就像那时一样。之前我把泡沫垫子铺在了门口，在院子里露营时就不需要，因为没那么硌。

我不想睡在门口，当然不是怕野生尖角怪，那纯粹是胡说八道，不过也说不准。万一有人要溜进我们的帐篷，我可不想成为被他找到的第一个孩子。

不过我可不能说出来。

我说："我自愿待在现在这个地方！里面不好，要出去的话得从蒂妮珂身上爬过去。"

蒂妮珂说："我睡里面也可以啊，你就不用从我身上爬过去啦！"

不过我觉得她肯定也是不想离门口那么近。

悠儿问："你晚上出去干什么？对着月亮嚎吗？"

我说："万一要上厕所呢？"其实是瞎编，夜里我从来不用上厕所。

弗丽茨大声说："你也尿急啊！"然后笑得直不起腰。她说要离门口远点儿，害怕来坏人。弗丽茨还会把这些说出来。

悠儿白了她一眼，说："坏人？哪儿来的坏人？来了也肯定不要你，要你干什么啊？"

我觉得她们肯定又要吵起来了，真可惜，刚在野外把营地搭好。

这时，蒂妮珂的手机响了，蒂妮珂大喊，哎呀，是妈妈！然后在拉杆箱里一阵乱翻，我们之前去吃晚饭时她把手机塞了进去。

蒂妮珂问："妈妈，有什么事吗？"然后就一直听着，说："我错了！"然后又听着，最后说："我保证！"我们就知道她答应了妈妈什么。

悠儿问："怎么了？有什么事？怎么这么晚你妈妈还给你打电话？马上都快半夜了！"

其实当然没到半夜，是挺晚，但没那么晚。

79

蒂妮珂说之前答应过妈妈每晚发个短信或者给家里打个电话报平安，可一不小心给忘了，她妈妈给她发了快一万条短信，但手机在箱子里，她没听见。

弗丽茨问："她生气了吗？"

蒂妮珂说她不只生气，而且愤怒，简直像老虎一样。她说："你们家长也一样！"蒂妮珂说着看了一眼手机屏幕，当然不至于有一万条未读短信，实际上只有七条，五条是她妈妈的，一条是克里菲尔德爷爷的，他遵守了承诺，我知道他肯定会信守诺言。

蒂妮珂念道："兔子们都秋葵……秋葵是什么？"

悠儿说秋葵应该是一种非洲的蔬菜，蒂妮珂可以上网搜搜。

蒂妮珂上网搜了搜，说秋葵确实是一种蔬菜，三千年前就有了。

她说："我们家都没吃过呢！"

我说我们家也没有，不过我们也没有三千岁。

蒂妮珂问："那为什么克里菲尔德爷爷要写'兔子们都秋葵'？你觉得是不是他给小黑绒和小白绒喂了秋葵？它们会不会吃坏了？"她一脸害怕。

悠儿说蒂妮珂应该好好想想，克里菲尔德爷爷肯定没有给兔子喂秋葵，他可能都不知道有秋葵这种东西，老年人几乎只知道豌豆、胡萝卜、花菜什么的。克里菲尔德爷爷只是不太会打字，肯定是写错了，他想写"OK"，被手机自动改成了"秋葵"，他也没再看一遍。

我说："那就都秋葵啦，是不是，蒂妮珂？"

蒂妮珂咯咯笑着说："对，都秋葵！都花菜！"

弗丽茨插嘴说："什么？"她有时反应特别慢。

悠儿突然说："哎呀！克里菲尔德爷爷奶奶！"

我和蒂妮珂互相看看，不知道悠儿到底想说什么。

悠儿说："那些吃的喝的！他们给的东西我们还没吃呢！"

就是！真不敢相信我居然能把这事忘了，也不敢相信吃过晚饭还能这么饿，也许我们该吃点儿肉，肯定能撑更久。

"那就开吃吧！"悠儿说完就拉开帐篷拉链，但突然又疯狂摇头，把手指放在嘴唇上，还把手电筒关了。

她发出"呼——"的声音，好像打呼噜一样，不过我不信悠儿睡觉会打呼噜，而且她也没睡着啊！我刚想问怎么了，就听到一阵窸窸窣窣的声音！有人在我们帐篷周围走来走去，肯定不是尖角怪，透过帐篷能看到光，好像是手电筒，还有咯咯的笑声。

这就清楚啦，男生们偷偷溜了过来！他们肯定是想偷袭我们，让我们以为是坏人，所以之前才说在野外永远不能掉以轻心。

　　悠儿又发出"呼——"的声音，她想让男生们以为我们睡着了！我们总喜欢骗他们。

　　我也发出"咕噜咕噜"的声音，打呼噜可以有很多不同的声音。我碰了一下蒂妮珂，小声说："快打呼噜！"她小声问："为什么？"男生们已经在帐篷外面了，都能听到派特亚在嘀咕。

　　悠儿根本没有等到他们发起进攻，突然就打开手电筒照向门口，也不再装打呼噜。

　　派特亚刚把头伸进帐篷，悠儿就大声说："好呀，你们这些小孩，是不是害怕待在帐篷里？过来要我们保护？"

　　我也大声说："是啊，你们来是不是让我们保护你们不被尖角怪攻击？"我打开手电筒，蒂妮珂也打开手机上的灯，只有弗丽茨看起来有点儿惊恐，什么也没做。

派特亚大喊："哎呀，赶紧把灯关了，我要瞎了！"还用胳膊挡住眼睛。

文森特也探进头来，说："晚上好，女士们！我们只是想给你们唱个摇篮曲！"然后，他发现了克里菲尔德奶奶给的塑料袋，说："看啊，派特亚，我们来得正好！女生们要趁晚上悄悄把我们那份也吞了！"

我说才没有呢，克里菲尔德奶奶都数好了，我们只吃我们的，男生们可以明天吃他们的。

劳林大声说："不，我现在就要吃！肚子又咕咕叫了！文森特，你听！"

文森特只是摆摆手，劳林总是喊饿。

悠儿说："那行，你们可以和我们一起吃，但你们要先道歉，承认你们想吓我们。"

文森特说："道歉就道歉！"说着把袋子里的东西都倒在地上。他把手放在心口，鞠躬说："尊贵的女士们，我衷心请求你们原谅！"他本来就已经跪在地上，所以看起来就像真的一样，好像古装片里的骑士。

悠儿说："派特亚，你也得道歉。"

派特亚说："我也请求原谅，OK？"他边说边瞥了糖果一眼，看得出来他并不真心，手也没有放在心口。

"你也请求原谅，秋葵？" 蒂妮珂说完笑得在地上滚来滚去，虽然并没有多大地方。

我大声说："怎么着，派特亚？求原谅，秋葵？"

派特亚说："啊？女生们是不是吃错药了？"

文森特说："可能巧克力棒里有东西！我们最好还是别吃了，不然也会变成这样！"

他当然不是说真的。劳林说不管怎样都要吃，文森特管不了。

弗丽茨大喊："秋葵！秋葵！"之前她根本都没懂这玩笑！

文森特说："我觉得她们是想告诉我们，吃的下面还有秋葵！这是种非常古老的蔬菜。"说着就舒服地坐在了地上。

他居然知道秋葵！我都说了，文森特什么都知道。

然后我们就把克里菲尔德爷爷的短信告诉了男生们，派特亚说从现在起我们可以拿"秋葵"当暗语代替"OK"，除了我们没有人明白。

我们都觉得很好。

然后我们把吃的分了，很容易分。劳林一拿到就全部塞进了嘴里，派特亚也是，但我只吃了几个橡皮糖小熊和夹心巧克力，我觉得留着慢慢吃比较好，有期待才开心。

和男生一起开午夜聚会也比我们自己开好玩儿得多，可惜弗丽茨中间睡着了，蒂妮珂眼皮也在打架。

　　我说："明天还可以开午夜聚会，对吧？"

　　派特亚说："好主意，每天晚上都要开，不过我得先去睡觉了。"

　　文森特说："别忘了，在陌生屋顶下第一晚做的梦会成真！"说完就退出了我们的帐篷。

　　对啊！我都快忘了。虽然是老迷信，但也可能是真的。

　　悠儿说帐篷根本就没有屋顶，又不是说在陌生帐篷里第一晚做的梦会成真，不过我不觉得有多大区别，还是要好好记住自己的梦。

　　我觉得很开心，在我们的帐篷里开了午夜聚会，而不是在男生的帐篷里，我都已经钻进温暖舒适的睡袋，想想男生们还要穿过黑夜回帐篷，有点儿可怜他们。

14

湖 边 早 餐

有没有人曾经睡在帐篷里，早上被外面的鸟鸣和阳光叫醒？我躺在睡袋里想，这肯定比在家妈妈叫我起床的时间早多了，而且在家我总要赖床，在这里我却非常清醒，感觉很幸福，想马上起床。我小声叫蒂妮珂："快醒醒！"还拍了拍她的肩膀，但她只哼了一声又接着睡了。

弗丽茨却一下坐起来，迷迷糊糊地说："我醒啦！"

悠儿嘟囔着："听到啦！你们就不能让人再睡一小会儿吗？"

我说不行，一小会儿不行，一大会儿也不行，时间浪费了多可惜！在家可以赖床，因为起床也是去上学，但在野外过夜，白天什么都不能错过。

悠儿也许也这么想，问我："你梦到什么了？"然后伸了个懒腰坐起来。

我心里一惊，因为之前想好要把梦记住，会成真，结果现在给忘了！也许梦不是想记住就能记住的。

悠儿说："我做了一个特别奇怪的梦，梦到了舅爷爷！他戴着牛仔帽，骑着一头巨大的鹿，一直喊着：'鹿舅爷！鹿舅爷！'我不知怎么变成了舅爷爷。"

真是荒唐！不过梦就是这样。

我想这可能会成真（不过悠儿当然不会变成舅爷爷），我们在这里见过鹿，舅爷爷可以骑，不过我不信他会戴牛仔帽，除非他完全疯了。

弗丽茨说："我什么也没梦到！"

我说："那就什么也不会成真！"然后我继续说我好像梦到了青蛙什么的，但记不清了。真可惜，我们本来有机会看看未来是什么样，却没有抓住。

悠儿说不相信这种事，但挺有趣，现在她饿得像一头狼（她吃素，应该说像一只羊，嘻嘻），急需一顿丰盛的早餐。

我说我也饿得像狼一样，而且奇怪的是我们半夜还开了聚会吃了东西呢。悠儿说是因为新鲜空气，虽然睡在帐篷里面，但也算是睡在室外，新鲜空气总让人感觉饿。

"我们去厨房拿早饭吧！"悠儿边说边穿上短裤和T恤，我就穿着睡衣去了，反正没生人。之后再洗漱吧。

我又试了一次，想把蒂妮珂叫醒，她嘟嘟囔囔，就是不起来，在家就有起床气，我们一起上学的路上她心情总是很不好，不过我都习惯了。

于是我、悠儿和弗丽茨钻出帐篷——外面真漂亮！清晨的太阳闪耀着特别的光，一切焕然一新，好像世界才刚刚开始。

我说："男生们肯定还睡着呢！"他们就是这样！帐篷里一点儿动静也没有。悠儿点点头说："那就有问题啦，对不对？"因为这样我们就不能去拿早餐，不然好像我们女生在为男生服务一样，这是歧视女性。我知道男人要和女人一样做家务，拿早饭就是做家务；但我觉得不能拿早饭很可惜。

我说："可以把他们叫醒啊！"尽管知道这不是个好主意，我太了解派特亚了。悠儿也说"谢谢，不用了"，她可不想看到男生们被我们从梦中叫醒后怒气冲冲的样子，那我们整个早上的好心情就全毁了。

我觉得，因为男生睡懒觉我们就不能去拿早饭很傻。

悠儿说："我们今天先不考虑女权，也许男生明天会拿早饭，那就没问题了。"

我说："你说行就行，秋葵！"

不过我可不觉得明天男生会早起为我们服务，认识派特亚、文森特、劳林的人都知道。悠儿只是找个台阶下。

我说："而且我们也为蒂妮珂服务啊！她也还睡着呢！为女生服务了就不算歧视女性！"

悠儿说太复杂了，不管了，就这样吧。

我们说着说着都已经到了屋里，反正也不能回去是吧。我知道屋里的人也都起床了，因为收音机响着，薇拉也一直在我们身边转来转去，高兴地摇着尾巴。

悠儿大声说："有人吗？我们来啦！"说着就穿过奶房进了屋子。

舅爷爷告诉我们奶房是养牛的时候留下来的。

尹可穿着睡袍坐在厨房里，头发湿漉漉的，拿着报纸在吃早饭，看到我们后很惊讶："呀！早上好！你们已经起床啦？"

我们说早就起啦。

尹可一下跳起来，说："那我赶紧给你们做早饭！我要……"

这时舅爷爷从外面进来（也是从奶房过来的），他已经穿戴整齐，好像刚干完活儿的样子，用老式擦手巾擦擦手，说："早啊，都好着呢？"

我们说是的，谢谢。

他说："尹可你坐下吧，我去做！"他说已经起床两个小时了，早就吃过早饭，可以做好早饭让我们拿走。

他说："以前我们还养牛的时候，我总要早早起来，挤奶！都刻在脑子里了，忘不了，起得早想干啥就干啥，后来就一直起得很早。"

然后他从橱里拿出面包和果酱，从冰箱里拿出黄油和火腿片，还有榛子巧克力酱，可惜没有麦片。这顿早餐不健康，不过在野外也不能要求那么多。

他把果汁倒进奶罐给我们当饮料，拿了些不环保的一次性纸杯，还有盘子、刀和一块很漂亮的老式桌布，边上绣着花，他说是他老婆还是小女孩时在学校手工课上绣的，真是难以想象！然后他把东西都装进一个大篮子，说："拿去吧，好好吃，姑娘们！"

我就觉得也许我们为男生服务也没那么坏，因为舅爷爷也为我们服务了，他就是男的啊，所以也就公平了。

　　回去的路上弗丽茨又蹦来蹦去，她说小雏菊醒了，要避开，不能踩到，可惜我还是不小心踩到一些。

　　我们回到帐篷那里，男生们还没醒，一群大懒虫！不过兰比已经醒了，从笼子里出来，在罩子里开心地吃着蒲公英，希望它不会吃小雏菊，不然弗丽茨要生气了。

　　我们把桌布铺在地上（还特别注意不要压到太多小雏菊），把餐具摆好。（一次性杯子一直摆不稳，摇摇晃晃的，我觉得一点儿也不好用。）

悠儿问："我们直接吃？不等他们了？还是把他们叫醒啊？"

我觉得男生们怎么都会怪我们，叫醒他们，他们会怪我们吵他们睡觉；不叫醒他们，他们会怪我们吃早饭不等他们。幸好这时文森特从帐篷里钻了出来。

他伸伸懒腰，活动活动，然后向我们鞠了一躬："一大早，寒舍之前就有如此美景！"又打着哈欠说："女士们把早餐也准备好了，真棒！就应该这样！"

然后他就到草地上和我们坐在一起。我刚想说明天请男生去拿早餐，劳林就睡眼惺忪地从帐篷里出来了，他盯着桌布，好像这是打开的藏宝箱一样，然后一下扑到地上。

他大声说："太棒啦！榛子巧克力酱！"他家长从不让他吃这个。

我们吃了起来，我觉得在新鲜空气中吃，东西至少要好吃两倍，野餐时都能感觉出来，而且还在帐篷里睡了一觉。

我们每个人都吃了好多，在家时早饭从没吃过这么多（可惜都是面包配榛子巧克力酱），我都害怕剩下的不够蒂妮珂和派特亚吃，但其实不用担心。

文森特仰面朝天地躺下说肚子好饱，连一点儿面包屑也塞不下了，劳林也睡到地上说饱得吃不下，这时派特亚从帐篷里冲了出来。

他吼道："怎么回事？怎么没人叫我起来？"

我们倒想看看真叫他起床他会是什么样！

他一把抢过装着榛子巧克力酱的玻璃罐说："这像什么话？头儿还睡着呢，小喽啰们就吃上了！"

悠儿拍了下脑门儿大声说："我都说了，你才不是我们的头儿！"

派特亚说："我当然是头儿！在陌生屋顶下第一晚做的梦会成真，对不对？文森特是不是说过？"

文森特说他是说过，可惜记不起梦到了什么。

派特亚也不管嘴里塞得满满的就大声说："我可记得，我梦到成了你们的头儿，你们都得听我的。"

我说："你就扯吧！"

悠儿问："你怎么梦到成了我们的头儿？你梦里发生了什么？"

派特亚说："啊？什么意思？"边说边用食指把榛子巧克力酱挖干净，他在家要敢这样试试！

悠儿问："你在一间办公室里坐在办公桌后对我们发号施令？还是你头戴王冠，我们都俯首称臣？还是别的什么？在梦里你怎么知道是我们的头儿？"

派特亚白了她一眼，说："我就是知道！"这下就清楚了，他瞎说，根本没梦到当我们的头儿，不然就能告诉我们梦里发生了什么！

他们吵得那么大声，现在蒂妮珂也终于醒了。

她说："你们怎么这么吵啊？都把我吵醒了！做梦做得正美

呢！"她看起来好像又要睡过去一样。

我大喊："你梦到什么啦，蒂妮珂？"弗丽茨也喊道："对啊，你梦见什么了？"

蒂妮珂看着我们说："你们吓到我了！吓得我都忘了！"

是不是很蠢？蒂妮珂在陌生屋顶下的第一夜做了美梦，结果却忘了！

文森特说："劳林，把本子拿来！该写暑假作业了，不然待会儿又忘了。"

劳林说："不要啊！"

文森特说："你答应妈妈的！我可不想回去后妈妈怪我没有监督你！"

劳林气鼓鼓地钻进帐篷，又拿着本子钻出来，大声说："臭本子！"然后把本子扔在文森特脚边说："该死的作业，要做你自己做吧！"

我知道文森特肯定没办法，劳林这样发脾气时，只有他妈妈能让他乖乖做作业，有时甚至他妈妈的话他都不听。文森特叹了口气，说："那你至少得答应一会儿做，好不好？"

劳林气呼呼地看着他，然后转身跑走了，回头喊道："你这个蠢货！"他穿着睡衣跑向湖边，坐在沙子上。

文森特叹了口气说，既然有本子，那就利用起来，画个警示地图。

我们大部分人不记得梦到了什么，也就不知道未来会怎样，那一定要加倍小心，为所有可能的危险做好准备，不要被打个措手不及。

悠儿问："请问会有什么危险？你觉得马上会有鳄鱼从水里冲出来咬我们吗？世界上没有比这里更安全的地方了！"

但文森特说悠儿肯定忘了昨晚的神秘灯光，我们还没搞清楚到底是什么呢，其他危险也可能出现，他现在反正要画一幅地图，把所有危险地点都标出来，让我们对一切都有准备。我觉得这样很好，文森特能画得几乎和专业的一样。

悠儿说，与其参与这些骗小孩的把戏，还不如把早餐的东西送回屋里去，所以麻烦蒂妮珂吃快一点儿。

我们用篮子把脏盘子、脏刀叉、空的榛子巧克力酱玻璃罐，还有剩下的面包拿回了厨房。舅爷爷说希望我们觉得好吃，午饭好了就告诉我们，还问我们需要什么。

我和蒂妮珂都很有礼貌地说："没有啦，谢谢！"异口同声！最好的朋友就是会这样。

悠儿说，现在我们要去洗澡。舅爷爷说觉得我们主动去洗澡很好，有些孩子就是不爱洗澡。我倒是很高兴，不是每天都能在湖里洗澡啊。

藏 食 物

文森特拿着劳林的本子坐在帐篷前画警示地图。

他大声说："画好了！你们想看看吗？"

我问："你妈妈看到劳林的作业本里画着一张地图会怎么说？"

文森特说不会说什么，因为她根本不会看到，然后就把画着地图的那一页从本子上撕了下来。

我又问："那她看到有几页被撕了会怎么说？"

文森特说那就再想个理由，只要劳林每天做作业，他妈妈就满意了。

他的地图看起来像真的一样，画了农场的屋子，通往屋子的大路、小路，空地，湖，我们的帐篷，还在空地两边各画了一道边界。他在帐篷旁边写了"营地"两个字，还在大路上画了一个圈，写着"夜间有神秘灯光"。可惜他没有彩笔，所以那个圈是圆珠笔的蓝色——
灯光应该是黄色才对。

派特亚说文森特还应该标明昨天尖角怪从树丛里冲出来的地方。

文森特问："你认真的吗？"

派特亚说当然了，尖角怪能冲出来的地方，别的动物也能冲出来，
比如熊。

悠儿白了他一眼，说："还熊呢！"然后就进了我们的帐篷。

文森特就在一边的边界线上打了个叉，在旁边写上："此处有
尖角怪从树丛冲出。"字写得很大。我觉得现在地图看起来和真的
一模一样。

这时，悠儿拿着克里菲尔德奶奶给的塑料袋从帐篷里出来，说：

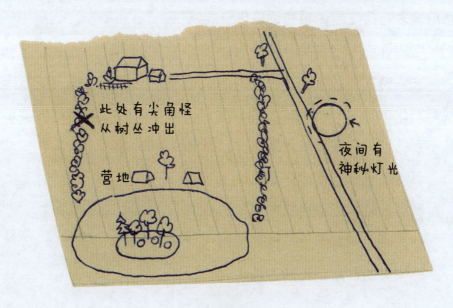

"还有剩的！要分一下吗？有人饿吗？"

虽然才吃完早饭不久，但我突然觉得可以再吃下几个小小的字母饼干。

派特亚大喊："停！你是不是疯了？在这种有熊的地方把食物拿出来晃来晃去。"

悠儿问："什么？"

文森特说："天啊！派特亚说得对！"

悠儿又问："到底是什么意思？"

我说："他们又在胡扯呢！早上晒太阳晒晕了！"

派特亚说这里谁晒晕了很清楚，就是这些女的。

他大声说："熊在几公里之外就能闻到吃的！然后会喘着粗气儿跑来大吃特吃！倒霉的话连你一起吃了！"

悠儿说："哈哈哈，又是熊！"

文森特大声说她又不知道这里到底有没有熊。他说："德国早就有野生的熊了！不能抓！派特亚说得对！要把吃的挂到树上它们够不到的地方，在加拿大就这样，那里也有熊。"

派特亚说："就挂在那儿吧！够高！"

然后他就抓起塑料袋冲到了树林里。

他大喊："真棒！一棵樱桃树！"

那树真的很高，还挂着樱桃。

派特亚喊道："文森特，过来搭把手！"最低的树枝离地面也很高，派特亚一个人够不到，但有文森特帮忙就很容易了。派特亚把塑料袋挂到高高的枝头，袋子晃了几下。

　　他冲下面的我们大喊："好啦！这下什么熊也抢不走我们的食物了！"

　　我很肯定那里面已经没有他的食物了，因为他在午夜聚会时就把他的那份吃完了。我还想着，现在如果我想吃，怎么才能拿到我的最后一点儿小熊橡皮糖和其他东西，毕竟挂在树上那么高。

　　这时，突然有什么东西砸到我的头，吓了我一大跳！我还以为是鸟屎，妈妈说被鸟屎砸中会走运，可我只想要好运，不想要鸟屎。

　　弗丽茨也疯狂挠头，鸟不可能同时在我俩头上拉屎吧。

　　"有东西！"她找到个东西，"是樱桃核！"

　　派特亚说："啊，真好吃！"他坐在树上吃樱桃，朝我们吐核，不过被我们发现就不再吐了。

　　我们跑到边上。我说："我也要！蒂妮珂，过来搭我上去！"

　　就在这时舅爷爷气喘吁吁地跑过来。

　　他喊道："哎呀，我真是不称职，忘了你们不能单独下湖！"

　　他跑到我们身边："还好还好，你们还没洗澡。我说过你们只能走到膝盖那么深的地方，对吧？那耳朵就洗不到啦，只能洗洗脚！"

　　我说劳林确实得洗洗脚。

　　舅爷爷说："我想给你们指指哪里能去哪里不能去！咦，我这老樱桃树上坐着个什么怪鸟？"

　　派特亚说，早上好，他就是怪鸟，樱桃真好吃。

　　舅爷爷说肯定好吃啊，他小时候也总坐在树上吃樱桃，看有趣的小人书（小人书是什么东西，我不知道），不过现在不在树上拉网了，每年樱桃都会被鸟吃光。

舅爷爷说："你走运啊，树上还有樱桃！但鸟肯定还会来。"他说会来上千只鸟，都落在树上，五分钟后飞走，把树上的樱桃吃得干干净净，一颗不剩。

派特亚在树上说："混蛋！"

舅爷爷说："是啊，所以你们趁它们来之前赶紧多摘点儿。"又指着我们的塑料袋问："上面挂的是什么啊？"

我们说是吃的，为了防止被熊抢走就挂在上面。

舅爷爷说："真机灵！"

我觉得舅爷爷这么说很好，他本可以说周围没有熊，或是小孩子爬到那么高的树上太危险，妈妈就会这么说。不过舅爷爷小时候自己也爬过很高的树，可能不觉得危险吧。反正他没有不许我们爬。

然后我们就下到湖里去，舅爷爷指给我们看哪里浅，不会出事（基本都很浅），也告诉我们不能到围栏外面去，那里很陡，会突然变深。

我说："我们会游泳！不然爸爸妈妈也不会让我们来这里玩儿！要不要把我们的游泳证[1]给您看看，皮蓬布林克先生？"

他大声说："你管我叫皮蓬布林克先生？太正式了，你们叫我卡勒爷爷就行！"

---

1. 游泳证：德国的青少年业余游泳分级为海马级、青铜级、白银级、黄金级。每个级别都有严格的要求，训练达标的同学通过考核可以获得相应级别的证书。

我们说好，卡勒爷爷。

我们去帐篷里拿游泳证，给他看了他就放心了。幸好妈妈们把游泳证都放在了一起，只有弗丽茨一个人是海马级，悠儿和派特亚是黄金级，我、蒂妮珂、文森特、劳林是白银级，我们不会溺水。

卡勒爷爷说："那我就放心啦！"

"现在你们还要发誓，不会游过那个岛。拉钩上吊？"

没想到老年人也说这个。于是我们拉了勾。

卡勒爷爷说："好，太棒了，现在你们可以下水了，这第一次我还得在这儿待一会儿，以防万一。"

海鸥街的假期

我们冲到帐篷里换上了泳衣。

蒂妮珂问："你不下水吗，卡勒爷爷？"他说不用啦，谢谢，小时候在这个湖里游过很多次。他在一旁看着我们洗（没用肥皂），看着我们游泳，然后可能是放心了，突然站起来，好像要回屋里去。

我喊道："等一下！我们能到那个岛上去吗？"

那个岛看起来那么神秘，又不远，海马级的弗丽茨都能游到。

卡勒爷爷说："当然！那是山羊岛，但一点儿都不能超过那个岛哦！"

然后他就回屋里去了。

103

上 岛 探 险

我们都想到岛上去，小岛探险很有意思。

我之前说过，岛不是特别远，也许都不到一百米（我总是估计不准），而且其实不用游，水不深，最多到我脖子。派特亚大声说："男的先去！文森特，走！防止小女人们发生什么事！"

我问："我们能发生什么事？尽瞎说！"

文森特说派特亚说得对，孤岛上什么危险都有可能，之后也得在地图上把危险地点标明。

我问："能有什么危险？"一边游泳一边说话真费劲，不过就快到了。

文森特呼了口气，说："可能有野兽，从没人去打扰它们，它们慢慢越来越多，我们一上岛它们就从洞里冲出来咬我们！"

我想起舅爷爷说的上千只鸟停在樱桃树上，不禁打了个寒战。我不信岛上有熊，但可能有上千只狐狸，那也不是闹着玩儿的。

我们快到小岛了，派特亚伸脚探了探路。

他小声说："嘘！可能有坏人！昨晚上那些人！没什么地方比孤岛更适合藏赃物！"

劳林一直在原地游。他大声问："派特亚，他们有枪吗？"显然他不想上岸。"有没有啊？"他叫得那么大声，真有坏人的话，都听到去报信了。

"嘘——我都说了，小声点儿！我们男的先上，看没危险再喊女的。文森特！劳林！"

我觉得这可能又是歧视女性。

悠儿说男生想犯傻请随便，不过她可不怕上岛探索，还没数学作业可怕。她说得一点儿也不小声。

我也用正常的声音说："我也觉得没数学作业可怕！也没听写可怕！"

蒂妮珂说："我也是！"

阳光明媚，鸟啼婉转，还能听到舅爷爷在农场上劈柴，这样真不觉得岛上有什么危险，但假装有危险似乎更好玩儿，男生们得先悄悄探路。

派特亚低声说："你们数到一百，如果我们还没回来就可能出事了！你们自己决定要不要去救我们！知道了吗？"

悠儿说："神经病！"

派特亚说："我问你知道了没！"

我说："秋葵，秋葵！知道啦！是不是，蒂妮珂？"

蒂妮珂边笑边说："秋葵，花菜，西兰花！知道啦！"看得出来她也不害怕。

不过派特亚没生气，第一个从水里出去，把手放在嘴上让我们别出声，然后就走进岛上的树林。

文森特和劳林也上了岛。他们还站在岸边就被四处生长的杨树、桦树、枫树、榛树还有丁香的枝枝杈杈没过了。

男生们消失在树林里，一开始我还能听见他们开路的窸窣声，接着突然变得很安静。

弗丽茨问："他们去哪儿啦？我听不见他们的声音了！"

悠儿说不用担心，他们肯定到了岛的另一边（岛一点儿都不大），我们现在可以按男生说的做一回，数到一百。

我们开始数，快数到八十的时候我渐渐不安起来，这岛又没马略卡岛那么大，男生们早该探完路了！但他们还没叫我们。

我们齐声数道："九十八，九十九，一百！"然后互相看着。

悠儿叹了口气问："谁跟我一起去？"

弗丽茨说不敢，男生们没来叫我们，肯定出事了。

悠儿说："请问能出什么事？"不过她也没上岸。

弗丽茨抱怨说："有狐狸啊！或是坏人！"

我听够了，从水里爬出来问："你听见枪声了？咱们走，蒂妮珂！"

我可知道派特亚，肯定在耍我们。有枪声我才相信有坏人，看见狐狸尾巴我才相信有狐狸，如果都没有，那就是男生们藏在树后等着吓我们。

弗丽茨一脸害怕地问："真的吗？"

蒂妮珂说当然了，那些臭小子就想吓我们。她经常来我家玩儿，知道派特亚总想耍我们。

她上岛后走到我旁边。

我不相信岛上藏着坏人，也不相信有野狐狸，但走进去时还是有点儿忐忑。

我小声问："你看到什么东西了吗？"

蒂妮珂摇摇头。我听见悠儿和弗丽茨也跟在后面。

岛不大，但男生们的踪迹却不容易找，真是奇怪。

我喊道："派特亚？文森特？劳林？你们在哪儿？"

但没人回答。

蒂妮珂提议说："我们一起喊吧，好不好，塔拉？"可惜她没说先喊哪个，所以都乱了，我喊："派特亚！文森特！劳林！"蒂妮珂喊："文森特！劳林！派特亚！"悠儿和弗丽茨喊了什么我没听见。反正我们很大声。

可岛上一点儿动静都没有。

我慢慢有点儿不安，想着真有坏人怎么办，抓了男生，把他们嘴封上，现在正等着我们。在孤岛上这样的事完全可以想象，也许还是告诉卡勒爷爷一声比较好，毕竟我们数到一百男生还没来叫我们。

弗丽茨突然尖叫起来："救命啊！妈妈，救命啊！"

一个声音说道："胆小的女人，你们的最后一刻已经到来！"另一个声音喊道："抓到她们了！我们抓到她们了！"

不过就算他们故意把声音压低，装得很可怕，我还是马上就听出来是派特亚和劳林而已。

我怀疑得没错吧？男生们藏在岛上的三块巨石中间，等我们过来。

劳林大喊："你们投不投降？我们人多！"瞎说，男生三个人，我们女生有四个人呢，要投降也是他们投降！不过我们可不要他们投降，小岛太美了，不适合投降不投降的。

派特亚大声说："这里是不是很棒？是不是你们见过最酷的小岛？"

连悠儿都点头，问："没有坏人？也没有狐狸？"

派特亚说连只狐狸崽都没有，坏人也应该还躲在那条路上吧——就是我们昨晚看见他们的地方。

劳林大声说："不过有兔子！我看到一只兔子！"

悠儿说："是吗？真是害怕死了哦！"

我们跑到石头中间，和男生们一起，感觉好极了，比在湖边帐篷里还像野外，因为这岛确实是一片野地，肯定几千年都没人来过，或者从来都没人来过。地上没有糖纸、空瓶子，一点儿垃圾都没有，人们野餐的地方总会留下这些，我觉得真不文明。

我问："谁把大石头放在这里的啊？"文森特说应该是上一个冰川期[1]留下来的，到现在已经很久很久了，冰川在运动中，会携带岩石、泥沙。我想等下让蒂妮珂上网查查，不过也不那么重要啦。

我们突然听见卡勒爷爷在喊，薇拉也跟着汪汪叫。

---

1. 冰川期：地球表面覆盖有大规模冰川的地质时期。

他喊道："孩子们，没事吧？都 OK 吗？"

蒂妮珂小声说："他应该问'都秋葵吗'。"

卡勒爷爷又喊："湖神把你们抓走了吗？"

我们叹了口气，知道该回去了，我们可不想让他担心，大人一担心就会变得严厉，这也不许那也不许。

我喊道："我们来啦！我们在这儿呢！"

然后我们就都往回游了。

17

山羊岛名字的由来

卡勒爷爷站在岸边等我们。

"那就万事大吉啦!" 他说完,表示之前没查看岛上的情况,没来得及确定安全就允许我们上岛,他觉得很过意不去。他说:"都好多年没上过岛了! 可能会有玻璃碴之类的东西!"

劳林说:"也可能有坏人! 晚上就有灯光! 文森特说他们的赃物可能藏在那里!"

卡勒爷爷皱起眉头说:"也可能,也可能! 尽管这附近没多少坏人。不过我还是应该事先看看,对吧? 不应该就这么让你们上岛! 你们可别和尹可说啊!"

文森特对天发誓一定不说(卡勒爷爷肯定喜欢这样发誓),还说反正要在地图上把小岛标出来。不过现在我们已经探完路,没发现危险。

悠儿问："为什么叫山羊岛呢？"我也觉得这是个奇怪的名字。

卡勒爷爷说："噢？我没说过吗？我小时候，每到夏天就把公山羊放到岛上去，秋天再带回来。"

文森特说公山羊在岛上没吃的啊。卡勒爷爷说有啊，那时岛上都没树林，因为公山羊很快就把所有能吃的都吃个精光。他说："公山羊就是这样，所以才要送到岛上去！在农场上的话要把栅栏都吃了，什么都不放过。"

真是难以置信，我想等开学后把这告诉石特林老师，她一定也觉得很有趣。

派特亚问："那公山羊怎么到岛上去呢？游过去吗？"

卡勒爷爷笑着说："不不不！它怕水！我们划船运过去，累着呢！所以有一年夏天我做了个筏子，看看，我都给忘了！"

文森特眼睛一亮，问："筏子？什么样的？"

可惜这时蒂妮珂的手机响了。蒂妮珂说："哎呀！又是妈妈！"

我没有表，但不用看表也知道现在不早了。蒂妮珂答应妈妈每天早上一起床就给她发一条短信！

蒂妮珂接起电话，说："喂，妈妈。"

我还挺庆幸没带手机来，不然也总得给妈妈发短信，我肯定老忘，那就会惹妈妈生气。

蒂妮珂没和妈妈说上岛探险的事，只说我们过得很好，之后她又向妈妈保证会定时报告。

文森特说："好像这里很危险似的！"可他自己还一定要画危险示意地图呢！他又说："卡勒爷爷，刚才你说到筏子来着！"

卡勒爷爷说，有一年夏天公山羊怎么也不肯上船，他就想到做个筏子。他们有装拖拉机柴油的空油桶，他把四个油桶绑在一起，再在上面放一块板，固定好，筏子就做成了。他说："至少能运五个人呢！"

不过筏子很难划，所以他就在岛和陆地之间拉了两根结实的绳子，这样就可以拉着绳子到岛上去，然后再拉着绳子回来，比划船省劲儿多了。

弗丽茨大声说："也比游泳省劲儿多了！"毕竟她只有海马级游泳证。

卡勒爷爷说确实啊，如果不是和我们说起，他可能一辈子也不会再想到那个筏子。

文森特问："那你还有那种桶吗？"我一下就知道他想干什么了。

卡勒爷爷看看我们，笑着说："那我们就得去棚子里看看啦，是不是？木板也得找找？"

我们说是，找找吧，木板肯定也得找找。

18

搜 证 据

一整个下午我们都在扎筏子。卡勒爷爷说最好在岸边扎，不然扎完还得拖过去，干吗费那力气拖过整个营地，筏子那么大。

我们当然想省点儿力气。

卡勒爷爷说那就赶紧动手吧，但让船下水之前一定要告诉他一声，他就是船检局[1]，要试验船是不是真能下水。

刚开始我们都干劲十足，但不一会儿就觉得无聊。把四个空油桶绑起来不散开可没那么容易，而且还要在上面固定一块板。弗丽茨和劳林早就跑了，之后蒂妮珂也不想做了。

---

1. 船检局：船舶技术监督机构。其职责是对船舶（包括海上钻井平台等）执行监督检验，使之符合各规范标准以及有关国际公约规定的技术条件，以保障船舶和船员的安全，并防止水域遭受污染。

我们把木板绑好，文森特说："现在你们可以去问问卡勒爷爷船检局有没有时间。"看来我们马上就可以开船啦，不过要等船检局测试过后才行。

卡勒爷爷绕着扎好的筏子转了一圈，把它竖起来检查结扎紧了没有，又摇了摇，然后说真行，他都做不了这么好。不过还不能下水，好船要有启航仪式。"可惜香槟酒喝完啦！"卡勒爷爷说。

弗丽茨说："我不喜欢香槟酒！"

卡勒爷爷说可以理解，他也更喜欢来杯啤酒，但启航仪式还是要有的，最美的姑娘要把一瓶香槟酒喷到船身上，边喷边说："我将这艘船命名为……"这时船就缓缓下水，大家都碰杯庆贺。

蒂妮珂说："我也不要拿香槟酒碰杯！我不能喝酒！"

我也说不能喝酒。

卡勒爷爷挠挠头，看看筏子说，这么好的船，就因为我们启航仪式不好好做，开头就不走运，那多可惜。

他说："启航仪式必须有冒泡的饮料！不然湖神就会把船夺走。我们用可乐代替香槟酒的话，你们觉得他会不会有意见？"

我们喊着湖神肯定没意见。我觉得在野外喝加仑汁很好，不过换换口味也不错。

卡勒爷爷说那就还有个任务交给造船的工程师。他说的工程师自然就是我们，筏子是我们扎的。

他说："农场上刚好没可乐了！你们得马上去劳伦森那里买。"

文森特说："可惜我没驾照！"他不是认真的。（他确实没驾照，他也不是真的觉得卡勒爷爷会认为他有。）

卡勒爷爷说："不用开车！"劳伦森的店就在村里，走着去就行。卡勒爷爷又问："你们猜我之前怎么去上学？"

我们说骑车啊。

卡勒爷爷笑着说那时可买不起那么奢侈的东西，他每天都"坐11路"去。既然他小时候每天都可以，那我们肯定也可以。

"坐11路"意思就是走着去啦。

派特亚说："好啊，我觉得不错！女生去村里买可乐，我们在这里看着筏子，干活干累了歇歇。"派特亚怎么老这样？但卡勒爷爷说不行，大小伙子怎么能让女生受累，自己却懒懒地躺着什么都不管！真正的男子汉不怕累，强壮着呢。

我不知道这算不算歧视女性，女人也可以强壮啊，而且我很愿意去村里，看看劳伦森的店什么样。

卡勒爷爷说："你们最好一起去，看看劳伦森那里有什么，万一之后又急着要买什么东西呢。"

男生说好吧，他们也去。卡勒爷爷给了我们三个购物袋（这样就可以分着拿），还给了我们五欧元，可以买七罐可乐，然后我们就出发了。

我们从农场的路走上小道，派特亚突然喊："停！"他说现在是我们去看看昨晚亮灯地方的好机会，说不定坏人把什么东西忘在了那里或埋了起来。他说一直都想去弄明白，但我觉得他就是突然想了起来。

文森特马上眯起一只眼，举起右手大拇指，用另一只眼瞄准，说："车大概就停在这个地方！"他透过草丛找我们在岸边刷牙的地方，昨天我们就是在那里发现了灯光。可惜这里什么都没有，只有一条路，路边有些雷丝花 [1]、虞美人、小甘菊。悠儿掐了一朵小甘菊说不错，

---

1. 雷丝花：正名阿米芹，又叫雪珠花，白缎带花，伞形科阿米芹属一年生草本。

可以摘来泡茶喝（我还是更想喝可乐）。

派特亚大声说："天啊，女生就是这样，是不是，文森特？总想着煮东西！结果看不到贼！"（这肯定是歧视女性。）

他兴奋地指着路边，一开始我没明白他什么意思，但后来看到一小块沙地，当作停车位不够宽，不过也差不多。这条路很窄，两辆普通的车刚刚可以过，但要是迎面过来一辆大卡车、救护车、消防车就会堵上，所以路边有一小块沙地，用来错车。

悠儿说："你是不是一看到停车位就尿急啦？"我和蒂妮珂也大声说，就是，男生总想着停车撒尿。

派特亚说："胡说八道！"然后跪到地上，并没有生气，"你们别动！别踩出脚印！要保护好现场！"

文森特也跪到他旁边，点点头说："对！这里就是坏人昨晚停车的地方！"他说不仅有轮胎印，旁边的树丛里也有折断的树枝，一定有人为了避让对面来的车往旁边稍微开了一下，但没开进多深，不然肯定会划到车门。

文森特大声说："可疑！太可疑了！"

我突然担心起来，坏人昨晚在这里停车，那就可能回来，也许忘了什么东西呢，那他们就会把我们抓走。派特亚说一定要和好哥们儿文森特一起防止这种情况出现，交给他俩了。不过之前我们组过一个团体，叫"The Seven Cool Kids"，差一点儿破了一次案，

119

这次也可以让小组来破案。

我们都很乐意，至少我、蒂妮珂、弗丽茨很乐意，悠儿翻了个白眼说，行吧。

派特亚说："我们现在举手发誓！"以前要发誓时都是文森特提议的，这次是派特亚。他说："我发誓，永远忠于 The Seven Cool Kids，至死不渝！我会……不，我不会……"他想不出来了，但一点儿不觉得难为情。

他推了一下文森特，说："你来说！"文森特就说："我以死起誓，获知的一切机密，任何时候都绝不告诉任何人，尤其是警察。不管发生什么，对手多强大，誓将神秘汽车一案查清楚，消灭坏人！"

我们也都跟着说："我发誓！"感觉很神圣。劳林为防出错把两只手都举了起来，他有时左右不分。

派特亚说："先保护证据！"证据就是车轮印和折断的树枝。文森特说通过这些可以看出停在这里的车有多大，如果断下来的是高处的树枝，那就说明不是小车，可能是大卡车。

是不是很聪明？我兴奋起来，觉得断枝的地方就普通车那么高。

文森特说我们还需要轮胎印，那样就可以从现在开始和每一辆车的轮胎花纹对比，看是不是坏人的车。

在我读过的侦探小说中，侦探总随身带一个本子，至少也有一张纸，当然还有笔，把一切都记下来，把轮胎印画下来，我们当然没有这些。

派特亚说我们又不是生活在中世纪，不会以为他没带手机就来了吧。现在他要给犯罪现场拍几张照，再把最重要的事记下来。

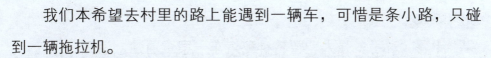

他从各个角度把轮胎印拍下来，还有折断的树枝，我觉得这比画画强多了。

派特亚说："一定能找到！从现在起，遇到车就看轮胎，并注意高度！"

我们本希望去村里的路上能遇到一辆车，可惜是条小路，只碰到一辆拖拉机。

文森特说："The Seven Cool Kids 绝不放弃！到村里我们分头行动，每一辆车都查一下！"

我们都觉得这是个好主意。

19

查 车 子

村庄离农场真的不远，卡勒爷爷说得对，不过我可不想每天上学都走这么多的路。

村庄很小，但文森特说，这里之前应该是个重镇，有学校、教堂、商店。我想立刻去商店，但派特亚说我傻，他低声说："这是我们的机会！把所有车都看一遍！"

我们去看了，也不难，没多少车停在路上，就两辆。我们拿派特亚手机上的照片对比了轮胎的花纹，可惜都不是。

悠儿说："谁说坏人是这个村的？可能不是啊！"

派特亚说没人说过，但我们必须检查一下，所以现在要去找停在院子里的车。

我大喊："不要啊！"可派特亚说我们发过誓，到死都要忠于

The Seven Cool Kids，临危不惧，所以我也跟着去了。

我们溜进第一个院子，我的心狂跳。劳林和弗丽茨留在街上放风，有人来的话吹口哨通知我们。我不知道劳林会不会吹口哨，弗丽茨不会，听起来就像"嘘——嘘——"声。

我们踩着鹅卵石偷偷到汽车那里，我的胃都揪在一起了。车在一个大仓库前，但轮胎印和坏人车子的完全不同，我们一看就知道。还好没人发现我们。

到第二家时我已经没那么害怕了。但车就停在大门口，人可以从窗户看见，那就会发现我们，我觉得很冒险，但没人从窗户看，轮胎也不对。

我们从院子里回到大街上，悠儿说："我就知道，车肯定不是这里的！"

文森特说，要是侦探小说里的名侦探都像悠儿这么快放弃，那现在蹲监狱的那些谋杀犯、抢劫犯就都能逍遥法外啦。

第三家的院子里有鹅。派特亚说没问题，那就来份美味的烤肉。但正当我们非常小心地绕过仓库去看停在后面的车时，鹅突然疯狂地叫起来。

我小声说："救命啊！"有鹅根本不用看门狗，鹅声大多了！

一个女的从仓库里走出来，大概二十岁，穿着脏兮兮的牛仔裤和脏兮兮的 T 恤衫，用布擦擦手上的油，问："有什么事吗？"

听起来并没那么凶，但我还是开始发抖。

还好文森特总知道在尴尬的时候该怎么办。他很礼貌地说："您好！不好意思打扰一下，请问村里的商店在哪里？"

是不是很机灵？

那女的（也许应该说女孩儿）说："去个商店来这么多人啊？"然后告诉我们顺着路往前走就到啦，村里就这一条路。

我们说了谢谢，那女的一直看着我们，我们只好直接往商店走，不能再去别家院子里看轮胎花纹。派特亚觉得这女的很可疑，说："她像猎犬一样守着，不让我们看她的车！还把我们支走。信不信？"

我不知道一个女的问别人在自家院子里干什么有什么可疑，有人在我家院子里走来走去妈妈也会问啊。

文森特小声说："还有那仓库，那么大！用来藏赃物最好不过！"他说得很对。

我们说好回来路上一定要再看看她的车，但现在得先去商店。

这家店好可爱啊！我没想到现实中也有这样的商店，而不只是在老电影里。那家店只有一个大橱窗，从外面就能看出，它不像我们那里的超市那样普通。橱窗里摆的不仅有吃的喝的，还有三个带花朵图案的厨房用小垃圾桶、胶鞋、大妈们用的购物小拖车、锅、镜子、指甲剪套装、纽扣，简直就像个小型百货商场！

但我们一进去就发现其实店很小，七个孩子都不够站，还好没别的顾客，不然会很挤。这里也不像超市那样可以自己拿商品，前面柜台后面货架——真正的老式商店。劳伦森先生就站在柜台后，

从货架上取下顾客要的东西，太温馨了！

　　劳伦森先生很和蔼，个子不高，岁数挺大，头发都白了，穿着灰外套，像老电影里那样。

　　他说："早上好！欢迎光临！要买点儿什么？"

　　派特亚说要七罐可乐，劳伦森先生说正好有货，如果要黑棉线就麻烦了，刚卖完。还好我们不买那个。

　　派特亚把那张五欧元给劳伦森先生，然后我们把可乐装进三个购物袋。（七罐可乐，三个购物袋，不能平分，我会算。两个袋子分别放两罐，另一个袋子放三罐。派特亚可以秀秀肌肉，展现骑士风度，拿三罐的那袋。）

　　我一直看着一个透明盒子，里面是糖果，有橡皮糖、可乐糖、甘草糖，可以零买，五欧分一颗。

　　我想，也许可以给每个人买颗小糖果。一罐可乐49欧分，七

罐一共是 3.43 欧元（还好我喜欢心算，
先用 7 乘以 50 欧分，得 3.5 欧元，然后
再减去 7 欧分，因为每罐多算了 1 欧分，
一罐是 49 欧分不是 50 欧分）。这样我
们还剩 1.57 欧元，（这个我也能心算出
来），每人从透明盒子里买 5 欧分东西也完全够（那才 35 欧分，
石特林老师说得对，生活是最好的数学课）。

　　但我又想到这样还是不太好，卡勒爷爷给我们钱是让我们买可
乐的，可没说买橡皮糖或甘草糖，我们不能想买就买。

　　我们走出商店时，劳伦森说："期待下次惠顾！"我想我们肯
定会再来买东西的——要买糖啊。我们每个人都带了零花钱，可惜
在营地。

　　出去时门上的铃铛还响了，真是又美好又老派。我们那里的超
市就没有铃铛，但门会自动开。

　　回去的路上，我还提议再去看看养鹅女人的车，但派特亚说不
了不了，什么时候做什么事，现在应该回去开可乐庆祝启航。

　　他说："我都饿得前胸贴后背了！店里的臭奶酪太好闻了，我
差点儿没把奶酪柜台砸了！"

　　文森特说："我都不知道你这么喜欢臭奶酪，怪不得你从来不
洗脚！我在帐篷里还奇怪怎么一股霉味儿！"

然后他迅速跑开了，因为他知道派特亚肯定不会放过他，派特亚拿着装可乐的袋子追着他跑，当然都是闹着玩儿，男生不会因为脚臭就真打起来。

我们走过坏人昨晚停车的地方，文森特说今晚我们一定要注意他们是不是又把车停在那里，也许能溜过去看看。

派特亚说当然要去，不过我觉得偷偷溜过去不太好吧，尤其是在黑漆漆的晚上。

卡勒爷爷已经在农场门口等我们了："去了好久啊！我都开始担心了！"

我们说不用担心，只是慢慢走看了看风景。

"还查了车子！"劳林说。

文森特推了他一下，说没有没有，别担心，只是昨天晚上看到奇怪的灯光，就想看看是哪辆车发出的。

"因为是坏人！"劳林又说。

文森特又推了他一下，大人通常都不相信这种事，只会嘲笑。

但卡勒爷爷没有，说："好好查，好好查！"

很快尹可和马库斯也下班回来了。尹可做了小点心，用锡箔纸包着放在篮子里，说正好今天晚餐时用来庆祝启航。人家的庆典用香槟酒和小点心，我们的启航仪式就用可乐和小点心。

我们觉得很好。

"海威号" 启航

我们刚下水，马库斯突然问船的名字是什么——启航仪式上需要说它的名字啊。

天啊，我们完全没想过！

蒂妮珂提议叫"阿丽亚娜号"，她有次和外婆坐的邮轮就叫这个名字。悠儿说叫"梦想号"，有部电视剧里就有艘船叫这个。弗丽茨想把船叫"公主号"，派特亚白了她一眼，说一听就是女孩儿起的。

他说："叫这名字我绝不上船！公主号出发！嘟嘟嘟！呼呼呼！听起来好像吹口气就要沉一样，是不是，文森特？"

可文森特完全没在听，而是说："海威号！我觉得这名字好！就叫海威号吧！"

悠儿对他翻了个白眼，说："是啊，真厉害！这湖就是大西洋。"

派特亚也觉得"海威号"这个名字不错，劳林也大声说很好很好，因为感觉像是海盗船的名字。

我觉得为这么一点儿小事吵起来也太蠢了，名字又没那么重要。

所以我就说，如果大家愿意，明天我就把这名字写在船身和空桶上。他们说好，"海威号"这名字就这么定下了。（后来悠儿说，她之所以同意，不仅因为海威号像是海盗船的名字，还因为听起来很神秘。）

马库斯问："哪位夫人来为这艘尊贵的船主持命名仪式呢？"他说最想让尹可来，因为她永远是他心中最美的，但要礼貌待人，让客人来。

我们几个女孩儿都看着自己的脚，很不好意思。我当然想，蒂妮珂肯定也想，悠儿也是，甚至弗丽茨都可能想主持仪式，但又不能自告奋勇站出来！只能期待别人提名自己。

卡勒爷爷笑起来："这么多好看的女娃，真难选啊！不过这个启航仪式有点儿特殊，就不选了吧，没有玻璃瓶的香槟酒，只有易拉罐的可乐！要找个大力士才能把可乐在船身上砸开，对不对？我们强壮的马库斯也做不到，而且他也不是女的。"

我们抬起头，我松了一口气，但也觉得有点儿可惜，真没想到卡勒爷爷要找力气大的。

他说："这里唯一的瓶子就是我的啤酒瓶，但肯定摔不破，你

们可以试试！"

悠儿说砸瓶子很危险，地上都是玻璃碴儿，可能会割到脚。

看来，不在船身上砸碎瓶子来搞启航仪式可能也对。

卡勒爷爷说："启航仪式最重要的就是命名和冒泡的饮料啦！现在大家把易拉罐都拉开，举杯庆祝吧！我们郑重将这艘高贵的船命名为'海威号'！"

尹可和马库斯碰杯高喊："海威号！"（他们喝的是苏打水，可惜用了一次性纸杯。）

我们也碰杯说："海威号！"可乐罐碰撞的声音没有玻璃杯好听，但可乐比香槟酒好喝多了。

  尹可拿掉小点心上的锡箔，说开吃吧，我们就开心地吃了起来。我想到，在海鸥街我们就很爱搞活动，院子聚会啊，夏季烧烤聚会啊，冬季扫雪聚会啊，新年聚会啊，刚到农场不久又搞起了聚会，真是好玩儿。我悄悄告诉蒂妮珂，蒂妮珂也悄悄告诉我她也这么觉得。我们真是聚会狂。

  她说："等我们去了北极，北极熊肯定也会马上搞个小聚会！对不对，塔拉？"

  我说："当然！还有海象！"

  这时我突然想起兰比，应该带它一起庆祝，我拿了块黄瓜扔给它。派特亚也拿了块酸黄瓜扔给它，但它不吃。派特亚说它在装，酸黄瓜也是黄瓜啊。这不对，酸黄瓜与黄瓜的味道完全不一样。

马库斯说吃饱了，要划船去岛上，看看这船是不是真的可以，当然还要带上他的尹可。

秋葵秋葵，去吧去吧。

马库斯第一个上船，然后尹可也上去了。马库斯一手拉一根绳子，船摇摇晃晃，慢慢地朝小岛挪去。船真的没沉！马库斯和尹可是两个很重的成年人呢！所以我们小孩儿上去肯定也没问题，我们远没有那么重。

他们上岸后，尹可喊道，这个岛和电视里南太平洋上天堂般的小岛一样美。（其实她根本不用喊，小岛不远，正常说话我们就能听见。）

之后大人们都回屋去了，尹可说睡觉时给我们再拿刷牙水来。

我们一直用筷子来来回回，一会儿男生用，一会儿女生用，"海威号"没有沉，我们也没有争抢。

天空渐渐变得通红，我知道已经傍晚了，天快黑了。尹可拿来一桶水，说："用剩下的别倒啊！明早接着用，你们就不用再去打水了！"

她和我们道过晚安后就往回走，但走到一半又回来了，问我们："你们给家长发短信报平安了吗？不是每晚都要发吗？"

蒂妮珂说谢谢，我们回帐篷准备睡觉之前发，不过她和我说马上就打电话给妈妈，不然可能又会忘。如果我们睡得太晚，她妈妈肯定又会生气，那么晚才报平安。

她妈妈接到电话一点儿也不生气，蒂妮珂后来跟我们说，妈妈很高兴蒂妮珂这次主动打电话给她，也很高兴我们玩得开心。克里菲尔德爷爷还要蒂妮珂妈妈转告我们，小黑绒和小白绒都过得像皇帝一样。大人们都向孩子们问好。蒂妮珂说："劳林妈妈还问他有没有好好做作业！"

文森特喊："糟糕！"然后马上跑到帐篷里把本子拿出来，根本没听见蒂妮珂告诉妈妈，劳林一直都认真写作业。蒂妮珂问我："你觉得这算撒谎吗？"蒂妮珂不喜欢对妈妈不诚实，我也一样。她说会觉得心里不踏实。

不过那么说也不算说谎，昨天劳林确实做作业了，只是没做完；他现在又在做作业。弗丽茨禁不住要打哈欠，我也是，打哈欠会传染。

派特亚说照他看我们都可以换上睡衣了，就算要溜去看坏人的车也会藏在树丛后，天又黑，坏人不可能看见我们，所以穿什么无所谓，反正这会儿他还没看见路上有灯光。

我们都看向弯道那里，也没发现有光，所以就先回帐篷里换衣服，稍微休息一下。派特亚说秋葵秋葵，有动静他来通知我们。他说："我打赌你们肯定就睡过去了！"

我们都大喊他真蠢，好像要做这么让人兴奋的事我们还能睡着一样！我说就在海绵垫子上躺一小会儿，之后就能精神焕发，蒂妮珂说她也是。悠儿让我们尽管去躺，反正她要看会儿书，如果我们有人不小心睡着了，她也能把我们叫醒，然后就把阅读灯夹在了书上。

你猜怎么着？我再醒来是因为蒂妮珂打了我耳朵一下！帐篷里黑漆漆的，悠儿的阅读灯还开着，书却盖在脸上，她呼气呼得那么重，好像在打呼噜一样。

我们都睡着了，包括悠儿！男生们也一样，不然派特亚肯定会过来笑我们。我想，等我告诉妈妈我们总是很早就睡觉，再也没瞎闹，也不搞午夜聚会，她一定会很高兴。然后我就又睡过去了。

21

神 秘 纸 条

第二天早上，派特亚当然又说自己整晚都醒着，透过树丛的缝隙看坏人的车灯是不是又亮了。

文森特问："然后呢？"他承认睡着了，说如果整天都在室外，就会很累，很容易睡着。

派特亚说路上整晚都黑着。"这也很可疑，那个养鹅的女人肯定注意到我们在偷偷查她！"

我才不相信他整晚都醒着。

后来我们女生去厨房拿早饭，男生又不去。他们说不不不，还是先刷牙吧。这我也不信！派特亚总要妈妈说了又说才会去刷牙。

悠儿说我们吃完早饭再刷牙，要男生们给我们留点儿水，他们答应了。

我们吃完早饭（可惜没有榛子巧克力酱），说今天该男生把东西送回厨房了，我们可以趁这个时间刷牙。

派特亚说："乐意效劳！乐意效劳！但我们要先看看你们这些牙套妹刷得够不够力！"

劳林大声说："对，我们要一起！"还咯咯笑。

文森特说："对，我们要看看女士们是不是掌握了正确的刷牙技巧！"简直不敢相信，男生们都认识我们那么久了还要怀疑我们！

我们就都去了岸边放着那桶洗漱用水的地方。蒂妮珂第一个用手舀水浇牙刷，但她刚弯下腰就马上弹回来，大叫："哎呀！救命啊！"

我一边问蒂妮珂"怎么了？怎么了？"一边往桶里看，还以为男生们往里面撒尿了呢！蒂妮珂叫得那么大声，肯定被恶心坏了。

还好，男生没那么坏，不过我还是不想用这水刷牙了，里面有三只小小的青蛙（或者是小癞蛤蟆，我们分不清）。

所以男生才要先刷牙！趁我们去拿早饭时捉几只青蛙放进去，不让我们发现！

我说："就会虐待小动物！它们会被淹死的！"然后我把那桶水倒了，小青蛙惊恐地跳走了。

劳林说："你傻啊！它们是青蛙，青蛙不会淹死！"

我说当然会啊，青蛙不能一直游泳，总要找个地方上岸："青

蛙又不是鱼！你们搞清楚！"

弗丽茨也说："是啊，你们搞清楚！"

但男生们还是笑得前仰后合。派特亚说他们只是想给我们的刷牙水加点儿肉，青蛙腿可好吃了，饭店里卖得很贵呢。

蒂妮珂又大叫："哎呀，恶心死了！"

我说小青蛙这么可爱怎么能吃呢。"而且现在又得去打一桶水！你们这些蠢男生！"但说来也奇怪，前一天晚上我梦到了青蛙，现在就在水桶里看到了！也许在陌生屋顶下或在陌生帐篷里第一晚梦见的东西真的会成真吧。

然后我们都去了屋里，男生拿着餐具，我们女生拿着水桶。

卡勒爷爷见到我们说："嚯，这么多人啊？你们怎么都来啦？有什么事吗？发生了什么？晚上看到坏人了？"

我有点儿难为情，知道大人不会真的以为小孩能抓坏人，所以觉得卡勒爷爷在笑话我们。

他又问："那岛呢？昨天晚上你们去岛上看了吗？我跟你们说，如果我是坏人，肯定第一个就选那里当藏赃物的地方！"

我们互相看看。卡勒爷爷说得对啊！我看出来男生们也这么觉得，真不明白我们自己怎么没想到！

派特亚大喊："走吧，我们去看看！去岛上搜搜！"

我想，昨天我们都已经在岛上找过了，没找到赃物。不过是找男生，不是找赃物，所以可能忽略了什么也说不定。

筏子站不下所有人，所以我们分成三拨。派特亚和其他男生先过去，然后文森特和劳林留在岛上，派特亚回来带我和蒂妮珂上岛，最后派特亚再回去把弗丽茨和悠儿运过来。

文森特说："那我们开始吧！我们要分头行动，每组搜查一片区域，特别要注意地上有没有新挖过的痕迹，因为坏人在孤岛上藏赃物通常是挖个洞埋起来。"

他又说："注意骷髅！"因为书里说埋宝藏的地方通常都有个骷髅守卫着。

听他这么一说我后背一阵发凉，尽管艳阳高照，然而骷髅也太可怕了吧，不过悠儿说昨天没发现岛上有骷髅，今天也不会有，我这才安心了。

三个男生一组，我们几个女生一组。我觉得分组挺好，万一坏人在岛上留了人看守，我可不想一个人遇到。

派特亚大声喊："好好找啊！四处都搜搜！树上也别忘了！哪里都别忘了！"

于是我们就走得很慢很慢，上看看下看看，拨开树枝看看，但一点儿财宝的影子都没有，也没有一丁点儿赃物。

弗丽茨说不想搜了，要在三巨石之间坐一会儿，想象自己在野外迷路了，那就是她的窝。

你猜怎么着？她刚一进去就大叫起来："找到了！这里有东西！是个罐子？"

于是我们都赶紧跑到巨石那里，弗丽茨坐着，手里拿着个饼干罐，罐子上写着 Danish Butter Cookies（这是英文，意思是"丹麦黄油曲奇"）。

派特亚一把从她手中夺过罐子，说："丹麦黄油曲奇！太可疑了！"

我不觉得有什么可疑，但可能坏人正好没更好的东西来装赃物。

文森特问："怎么跑到这里来的？昨天还没有呢！"

派特亚说就是啊，肯定是坏人昨晚藏在岛上的。

悠儿问："怎么会呢？你昨晚不是一直醒着在监视吗？"

派特亚说也许中间睡着了几分钟，这完全可能发生，坏人就是利用了这几分钟。我一想到这个就觉得好可怕，坏人可能直接穿过了我们的营地！

派特亚晃了晃罐子说不会有很多赃物，罐子很轻，但也可能是钞票，是钞票的话就不会太重。

结果不是钞票，罐子里有一些饼干渣，还有一张卷起来的纸，用红色橡皮筋扎着。

悠儿喊道："小心！先别打开！"

文森特也叫派特亚用T恤把纸条包起来，这样，如果上面有指纹的话也不会弄花。

派特亚酷酷地说："你以为我不知道吗？"他很小心地解开橡皮筋，摊开那张纸，好像是坏人从报纸上撕下来的一个边儿，上面写了字。

派特亚又喊道："很可疑！"我觉得也是，正常人会用普通的纸！

文森特喊道："写了什么？快说啊，派特亚，快告诉我们！"

我们都想越过派特亚的肩膀看看纸条上写了什么。上面是用普通墨水笔写的，而且字写得很大，不难认。

纸条上写着："你好，兄弟！"这是不是很可疑？接着是："有水的地方就有宝藏！往最深处找！"

派特亚叫起来："清楚了！坏人说的是这个湖！"

悠儿问："那最深处是什么意思？你是说坏人把财宝沉到湖里了？那很难找到啊！"

文森特说坏人经常这么干，用防水的容器装好赃物沉到湖底，这样就很不容易被找到，我们得潜下去找。

蒂妮珂说好可怕啊，而且坏人晚上还可能回来！所以也不知道还要不要睡在帐篷里。我也不知道。

找到赃物了!

我们回到营地,正在这时,卡勒爷爷来了,老远就喊:"你们是不是找到什么啦? 快给我看看! 我得看看! "

悠儿说,对,我们找到了一些东西,但最好交给警察。"您不觉得吗? "她问。

卡勒爷爷把纸条拿在手中翻来翻去。

文森特大喊:"别! 会留下指纹! "

卡勒爷爷说:"天啊,我怎么这么蠢! "他吓得差点儿把纸条弄掉了,"但你们要仔细想想要不要交给警察! 之后警察肯定不会再让你们参与,他们知道的也不会告诉你们! 要保密! "

他是不是很好? 大人总说抓坏人这种危险的事还是留给警察去干,因为他们是专业的。

文森特表示也听过保密的事，而且警察肯定要把湖封起来，下水找赃物，我们的营地肯定也得清走。他说："如果我们到晚上还找不到赃物,再去告诉警察也不迟！虽然睡帐篷还是有点儿不安心，但我们可以先去湖里找找，行不行，派特亚？"

　　卡勒爷爷问："啊？真是指这个湖吗？"

　　派特亚说那还能是哪里，最深的地方就是湖里啊。

　　卡勒爷爷说："好吧，如果你们这么觉得那就是吧！"

　　文森特问："我们能要个耙子吗？"他说用来搜湖底，我们可以待在筏子上，用耙子耙湖底，有东西肯定能找到。

　　这真是个好主意，卡勒爷爷给了我们三把耙子，其中有一把老式木耙子。他说可惜断了两个齿，现在都没人用了。

　　我们正要上筏子，悠儿忽然摆出奇怪的神色，说谢谢不用了，反正只有三个耙子，不用所有人都上去，她宁愿惬意地坐在樱桃树上继续看她那本有趣的书，昨天晚上都没看多少。

　　这我就不明白了，人人都想亲自找到赃物，但悠儿有时候就是很奇怪。（我已经说过了吧？）

　　我们其他人都换上泳装后就开始找，一开始坐在筏子上找，但什么也没找到，我们就下了筏子在小岛和对岸之间走着找，用耙子探湖底，看有没有东西。听起来挺容易，实际上累人得很，而且什么都没找到。

不一会儿，派特亚说有一点可以肯定，坏人没把赃物藏在小岛和陆地之间湖水最深的地方，而且他要休息一下。

劳林早就想休息了，文森特说好吧，那他也休息一下，男生真是做什么事都没毅力！

我说还是去报警吧，也许有赏金呢！财宝没找着，赏金也没拿到就太可惜了。

派特亚说，真不知道女生今天怎么这么爱出主意，他刚才找得太累，等缓过来了就去岛上建个屋子，那三块巨石已经可以当三面墙，据他所知又没规定说屋子必须有四面墙。建好了他就从帐篷搬到屋子里，然后从岛上出发找赃物，把这湖翻个遍。

我突然也想建屋子，但得先去一下大屋，营地没厕所。

我问蒂妮珂要不要一起，蒂妮珂说好，我们就跑走了。刚要穿过做牛奶的地方进大屋，一个东西突然映入我的眼帘。

书里一般会写"墙上的金色挂钟突然映入他的眼帘"，意思就是无意间看到，而且看到的是很重要的东西。

我就是！我看到了院子中间的老井，脑子里突然灵光一现，小声对蒂妮珂说："那口井！"

蒂妮珂真是我最好的朋友，我们心有灵犀，她马上明白了我的意思。如果是悠儿，肯定只会说："什么？有口井怎么了？"

蒂妮珂就紧紧抓住我的胳膊小声说："水！最深处！"

我说："对啊，坏人说的肯定是这个！井比湖深多了！"

我先想到要告诉大家，然后和他们一起在井里找，但转念一想，如果是派特亚发现的，他肯定不会告诉我们，而是要自己一个人找到宝藏——我们也可以这样。

而且也不危险。卡勒爷爷在旁边的谷仓里吹着口哨，我们溜到井边，挪开井盖。这井肯定一千年没被打开过了，自从农场有了自来水就不用了，直到被坏人打开。

蒂妮珂悄悄说："来帮我一下！"

井里有一个水桶，被长链子拴着，可以摇下去再摇上来，现在就在水面上漂着，里面好像有什么东西，还一闪一闪的。

我低声对蒂妮珂说："找到了！我们找到赃物了！"

我小心翼翼地摇着把手，辘轳发出吱吱的声音，肯定好久没上过油了，井都不用了，辘轳也就不用上油了。

桶终于升到井边，蒂妮珂小声说："赃物！"桶底有一个铝箔纸包着的小包裹。

我说："一看就是坏人干的！幼儿园小孩都知道不应该用铝箔！不过这些坏人对环保根本就不在意！"

蒂妮珂也说："就是，坏人都这样！"

然后我们就盯着闪闪发亮的包裹，看大小像钞票，但也可能是珠宝或坏人常偷的其他东西。

蒂妮珂问我："我们要不要打开啊？"

我想，既然是我们自己找到的，那我们也可以自己打开。

蒂妮珂突然说："如果里面是炸弹呢？"

这我倒没想到，但这包裹看起来不像炸弹，倒像是我们班上的辛迪去奶奶家过夜后带来的课间餐，她奶奶也不知道用铝箔不环保。包得像课间餐一样的赃物不会有危险。

于是我很小心很小心地从桶里拿出那个包裹，避免弄坏里面的东西，然后又很小心很小心地打开铝箔，心咚咚咚狂跳，不过我觉得也正常，找到坏人藏起来的赃物这种事可不是天天有！

这样的惊奇也不是天天有！

我小声说："蒂妮珂？"

她没有回答，和我一样目瞪口呆地看着铝箔包着的东西。

我轻声说："你觉得这真是坏人藏的赃物吗？"尽管我不知道除了赃物还能是什么。

包裹里有一百多颗橡皮糖，就是劳伦森的商店里卖五欧分一颗的那种！

坏人也友好

　　我和蒂妮珂都被吓到了，先各拿了一颗可乐橡皮糖压压惊，我说这可不算偷。

　　我问："你觉得这是不是坏人从劳伦森的店里偷来的？收银机里没有钱，他们就拿了些橡皮糖？"

　　蒂妮珂嚼着橡皮糖，耸耸肩说："不知道啊！"

　　这时我才想起来我们要去大屋干什么（就不再写出来了），突然感觉很急。

　　我把铝箔包上，说："我去上厕所！之后再叫他们来看！"

　　蒂妮珂站在那儿，说不急，让我先去，她守着赃物。

　　我穿过牛奶房进了屋，厨房收拾得干净整洁，只有工作台上有一份报纸。这时我看到，报纸边上缺了一块！报纸的边儿被撕掉了一点儿！

　　我大吃一惊，这肯定能和饼干罐里的那个对上，坏人的纸条是从卡勒爷爷的报纸上撕的！

　　我吓得都忘了上厕所，又跑出去让蒂妮珂快和我一起走。我跑到樱桃树那里就停下了，抬头轻声说："悠儿，卡勒爷爷是坏人之一！"

　　悠儿坐在高处的树枝上，对我吐了个樱桃核，说："小笨蛋，你终于也发现了？"

　　我问："你早就知道他是坏人？"

　　悠儿说："我当然知道纸条上的字是卡勒爷爷写的！"她从树上下来，又说："不然一个大人肯定会让我们去报警，对不对？肯定的啊！他不想让我们报警就很可疑！"

　　说得对，如果是妈妈，肯定会让我们去报警。

　　蒂妮珂小声说："他不想让我们报警，因为怕被警察抓住！救命啊，塔拉！救命！我的舅爷爷是坏人！"

　　但悠儿说她开始怀疑我们脑子好不好使："他不想让我们去报警，是因为他写了纸条，这没错！但什么坏人不坏人的都是胡说八道！我们去报警，警察会觉得烦！"

　　我问她怎么知道都是胡说八道，卡勒爷爷人是很好，但有时候坏人也可以很好，而且我们还找到了赃物，有赃物就有贼，肯定的。

　　悠儿拍了下脑门说："好好想想吧！这绝对不是真正的坏人！

一个坏人要告诉另一个坏人赃物藏在哪里，为什么要用水啊、深处啊来写这么机密的东西？为什么不直接写：赃物在岛后的湖底？"

我盯着悠儿说："因为根本不在湖底啊！是在井里！"

悠儿大声说："什么？我的亲舅姥爷！是什么东西？"

我和蒂妮珂互相看看，异口同声地说："橡皮糖！"

我愣了一下，说："蒂妮珂，把那个包裹给悠儿看看！"

蒂妮珂把包裹拿出来，悠儿笑着说："卡勒爷爷可真好！"

我也终于明白过来，卡勒爷爷把装着线索的饼干罐藏在岛上，让我们找到，接着我们就会去寻找赃物，他又把橡皮糖藏在井里等我们去找。这一切和坏人一点儿关系都没有，卡勒爷爷只是想逗我们开心。

悠儿说："现在真是双倍开心！不过，让我们好好骗骗男生吧！"

终于骗到男生们

我上完厕所（说出来也没事），从厨房操作台缺了一小块的报纸上又撕下一大块。悠儿说多撕比少撕好，万一她写错了呢。

我的心狂跳，害怕被卡勒爷爷抓个正着，还好没有。我刚出去，就看到他正在门口脱胶鞋，他进屋前总要把胶鞋脱下来。

他大声说："姑娘们好啊！怎么，还没找到赃物吗？"

我耸耸肩，不知道该不该说。

卡勒爷爷笑笑说："没事，那再好好找找吧！"然后就进屋了。这时我才终于相信悠儿说得对，是卡勒爷爷把橡皮糖放在桶里等我们找到。

悠儿说我们要再藏一张纸条在岛上，用线索把男生们引向水井。

悠儿写道："你好，兄弟！"就像上一张纸条一样。"赶紧！

不能让条子发现赃物！往有盖子的深处找！"

她说："如果那些小屁孩还是想不出赃物藏在井里，那我们就再给他们一条线索！现在再写一张纸条！"

我们把写的第二张纸条和橡皮糖一起放在铝箔里包好，然后放进桶里降到井下，并盖上井盖。

悠儿高兴地说："现在我们把另一张纸条藏到岛上！那些牛皮大王肯定会吓死！"

我们走回营地。男生们把筏子划到了岛那边泊好，我们只能游回去，只有悠儿是走过去的，她要注意不能把手中的纸条弄湿。

男生们在岛上已经把茅屋建得差不多了，折了些树枝放在巨石顶上，底下铺了块塑料布，就是罩在车上的那种，是卡勒爷爷借给他们的。文森特说树枝老是往下掉。

我问："塑料布可以当屋顶啊，为什么还要用树枝呢？"

派特亚白了我一眼，问："你见过在野外用车罩搭的茅屋？在野外迷失了就得捡树枝来搭！"

我四周看看，悠儿钻到树丛里不知什么地方去了，但男生们没怀疑，连她突然气喘吁吁地跑过来也没有怀疑。

她摇着一片纸大喊："这里！你们真是瞎了！靠你们怕是永远找不到坏人！"

派特亚立马过去抢纸条，结果把纸条撕成了两半。他大声说：

"给我！这是什么？哪里找到的？"

悠儿说在一块石头下面，现在被他撕坏了，希望上面的字还能认得出。

当然还能认得出，悠儿把她手上那一半给了派特亚，派特亚把两张纸拼在一起，念道："你好，兄弟！赶紧！不能让条子发现赃物！往有盖子的深处找！"

派特亚说："咦？他们什么时候把纸条藏到这里的？"

我大声说："无所谓啦！往有盖子的地方找！那我们一直都找错了地方！湖可没盖子！"

派特亚说："但湖里有水啊，你们这些笨蛋！纸条上写着呢，赃物藏在水最深的地方！难道你要去垃圾桶里找吗？"

劳林也大声说："就是，难道你要去咖啡壶里找吗？湖里才有水，笨蛋！"

我盯着文森特，他一向很聪明，一定会渐渐明白说的是井！

可惜他没明白过来，说："应该是说财宝藏在另一个罐子里，沉在水底下！罐子有盖啊！第一个罐子装着线索，第二个罐子装着财宝！"

唉！简直不敢相信，像文森特这样聪明的人都没想对！我渐渐不耐烦起来。

派特亚又看了一眼撕开的纸条，说："不能让条子发现！想找到赃物就要赶紧，茅屋先别建了，先潜到岛后的湖底找罐子！"

悠儿不耐烦地说："我觉得赃物不在湖里，你们说呢，塔拉，蒂妮珂？"

我们也说不在湖里，不然坏人直接写"罐子"就好了，不会写什么"盖子"。

派特亚说："胡扯！你们女的懂什么！"然后穿过树丛往岛的背后走去，文森特和劳林也跟在他后面跑了过去。

悠儿翻了个白眼，低声说："这些蠢孩子！"然后把手捂在嘴上朝着男生们身后大声喊："啊，塔拉，我想起来了！井！农场上不是有口井吗？井不是有盖子吗？"

派特亚一下子停住，喊道："哎呀，井！这才是谜底！最深处！井比湖深多了！幸亏我想到了！"

悠儿使了个眼色，派特亚一向这样！不过他觉得井是自己的主意也好。

他马上往对岸游，游过去比坐筏子过去快多了。

我们一到院子里派特亚就冲到井边，叫着："盖子！最深处！"

文森特也冲了过去，兴奋地说："天啊！快看！真不敢相信 The Seven Cool Kids 真的要破案了！"

然后他们俩把盖子挪开。

派特亚喊道："赃物！赃物真的在下面！我看到了！让女生们

也看看，文森特！"

悠儿说："你们真不错，还让我们看！"然后趴在井边往下看。

卡勒爷爷突然从房里出来了，肯定听见了吵嚷声。他问："怎么了？你们都在井边干什么？"

其实他心里清楚得很！是他把包裹藏到井底的，现在还要装糊涂。

派特亚大声说："坏人的赃物！请让 The Seven Cool Kids 来处理，再坏的坏人也能抓住！"文森特把桶摇了上来。

悠儿说："对，让 The Seven Cool Kids 来处理吧！派特亚，我们好崇拜你！"

幸好男生们兴奋得根本没注意到我、蒂妮珂、悠儿一直在偷偷笑。

派特亚说："揭开真相的时刻到了！"然后非常小心地从桶里拿出铝箔包裹，好像那是个小婴儿一样。"咦，感觉好奇怪！软软的！希望不是尸体！"

劳林被吓得直往后退，如果我不知道软软的是什么，估计也会往后退。

派特亚说："敢看的就来看！"然后非常小心地把铝箔打开。劳林迅速用双手捂住眼睛。

派特亚叫道："天啊！这是什么？"

劳林也忍不住看了一眼。

铝箔里是一百来颗劳伦森的店里卖的那种橡皮糖（少了两个可乐味的，被我和蒂妮珂吃进肚子啦），上面还有一张纸条。

文森特拿过来念道："小屁孩还挺厉害，终于找到赃物了。但别忘了和女生们分哦！你们的兄弟！"

"我杀了你们！你们这些烦人的女生！"派特亚大叫着扑向悠儿，结果许多橡皮糖从铝箔里掉了出来。

我喊道："烦人的女生总比坏人好！"可能男生们也这么想吧，反正他们很快平静下来。文森特说我们女生买了这么多橡皮糖也很好。

我们又看向舅爷爷。悠儿说："现在您得承认啦，卡勒爷爷！"

卡勒爷爷叹了口气说，好吧，他坦白，饼干罐里的纸条和井里的橡皮糖都是他放的，不过其他的是女生们干的。

我们回到营地，蒂妮珂说男生想想就知道包裹肯定不是我们包的："我们绝不会用铝箔！"

然后我们大家平分了橡皮糖，文森特说他觉得橡皮糖比黄金珠宝还好，如果是黄金珠宝还得交给警察，"这些我们都能自己吃！"

不过现在少了两颗可乐味的，我和蒂妮珂就很大方地说不要可乐味的了。文森特说我们很好，不过不能因为卡勒爷爷数错了就少分给我们。

我们说没关系没关系，我们很愿意。

晚上我还辅导劳林做了数学作业，不能总让文森特一个人干（幸好我数学很好）。可惜蒂妮珂的妈妈打电话来教训蒂妮珂我们才想起，她又没有主动打电话。

骑车变推车

第二天早上，悠儿醒来时说我们在这里只剩两天了，下一个晚上就是露营的最后一晚。

她说："我们只开了一次午夜小聚会！"早知道我们昨天就吃多多的橡皮糖，好好庆祝一下。

营地、湖边、小岛我们都熟了，感觉一点儿也不特别，很平常。

我对蒂妮珂说："我都可以住在这里了，你呢？"

蒂妮珂说也可以，只是上学有点儿困难。

我说："我们可以去村里的学校上学！"

蒂妮珂说："但我们没有写字桌来写作业啊！"

我说作业在帐篷外也可以做啊。

但蒂妮珂说下雨就不行了，写了也糊得认不出。

我刚想说这里从不下雨，抬头望了一下天，你猜怎么着？天边突然涌起一团团乌云！

我说："蒂妮珂，你会魔法吧？刚说下雨马上云就来了！"但蒂妮珂说有云又不代表会下雨，希望自己没有魔力，以前都从来没有过。

男生们吃完早饭要去岛上继续建茅屋。我们女生第一次不知道该干什么，没有电视，没有电脑，也没有游戏，什么都没有。蒂妮珂也不想让我们玩手机，不想把电那么快用完，帐篷里可没有插座。

悠儿说："那我再去趟村里，还没写明信片呢！"

我和蒂妮珂互相看看，我们也没写！出去玩儿必须写明信片啊！家里人可以很高兴地把明信片贴在板子上。

我和蒂妮珂想了想要给谁寄明信片，自然有我们班的卡罗琳、琪琪、玛格丽塔，还有克里菲尔德爷爷奶奶。

蒂妮珂大声说："还有石特林老师！"

我想石特林老师收到我们的明信片肯定很开心，然后我又想起茅斯，他不能来玩儿那么伤心，我们应该给他找张好玩儿的明信片。

弗丽茨说也要给朋友们寄明信片。我们还特意向小岛喊了一声，问要不要从劳伦森的店里给男生们带几张明信片。派特亚回喊说他们已经不在中世纪了（他之前就这么说过），"我用手机发！"

但我觉得可以拿在手中、可以贴起来的明信片比手机上的照片好多了。

我们女生换上衣服（不是泳衣），朝大屋走去，想问问卡勒爷爷要不要给他带什么东西，悠儿说反正我们要去商店。

弗丽茨边笑边说："橡皮糖！"

蒂妮珂说："对，他又要藏在井里！"

但我想也许这辈子再也不要吃橡皮糖了，早饭就吃了两个橡皮圈、三个酸酸虫，还有快一百个橡皮条，早就吃够了。

卡勒爷爷说我们很好，还想着他，不过尹可和马库斯下班通常都会从市里的超市买来吃的喝的。我觉得好可惜，如果我们那里有劳伦森这么好玩儿的店，那我肯定什么东西都去那里买，不去无聊的超市。

卡勒爷爷问："不过，姑娘们，你们不想骑车去吗？"

我们大声说，好啊，太棒了。我们还以为他没有自行车，前天他还和我们说小时候要步行去上学，不过那应该是很久以前的事了。

自行车在仓库里，一共五辆，看起来很旧，幸好我们只有四个女生，最破的那辆就不用了，但另外四辆也布满灰尘和蜘蛛网，连什么颜色都快看不出来了。

卡勒爷爷说拿花园里的水管迅速冲一下就又像新的一样了。

拿水管冲当然可以冲干净，但轮胎还瘪着呢，水管又不能打气，我们得自己拿老式打气筒打气，真的很累人。弗丽茨说胳膊都酸了，都不想骑车去村里了。

蒂妮珂说："蹬车又不用胳膊，用腿！还是你想把头放在坐垫儿上？"

弗丽茨一点儿不觉得好笑，转过第一个弯之后就开始抱怨："累死了，都喘不上气了！"

悠儿叫她别抱怨，过一会儿就好了："你还是我们之中最年轻的呢！我们这些"老年人"都没累，你这年轻人还可以骑！"

弗丽茨就不说话了，但我能听见她在我身后气喘吁吁的。

我们经过公路上的避车道时，悠儿突然说夜里的神秘车辆和灯光还没搞清楚呢。

我说："搞清楚了啊！坏人其实就是卡勒爷爷。"

悠儿白了我一眼，没看路，差点儿撞到我身上。她说："你再想想！橡皮糖、饼干罐里的纸条当然是卡勒爷爷干的！但夜里的灯光和橡皮糖可没关系！"

我小声对悠儿说："对啊！"

蒂妮珂问："怎么对呢？"有时候蒂妮珂反应真慢，我们就向她解释，我说晚上还是可能有坏人溜进来。

悠儿说："没错！弗丽茨人呢？已经被坏人拐走了？"

我们吓了一跳，转身看的时候弗丽茨已经不在后面。之前有一次骑车也发生过同样的事，但我们骑回去找她时，她正在牧场围栏边喂小马，不过这次我们没经过牧场。

我们掉头去找她，有多快骑多快，发现弗丽茨正坐在路边哭呢！自行车倒在一旁。

悠儿惊讶地喊："弗丽茨！你摔倒了？伤到了吗？"

弗丽茨摇摇头，抽了下鼻子说："没气啦！后面的轮胎，骑不了了！"

悠儿问她怎么不叫住我们，弗丽茨说怕悠儿又要训她。

悠儿真的开始训她，大声说："就该训你！你怎么没把气打足呢？就会抱怨太累！"

其实现在才是真的累，弗丽茨的车子后胎没气，她只能推着车走，我们也得推着走，不能让她一个人在后面走着吧！毕竟她是我们的朋友，就算她有时真的很孩子气，让我们很恼火。

买 明 信 片

我们到了村里，悠儿说今天实在不想再去检查轮胎花纹，推车推得很烦，男生们一定要找出坏人就请他们自己骑车来村里找吧。

你猜怎么着？她说到轮胎花纹，我们就正好路过养鹅的那家，那个可疑的女人又站在我们面前，不想让我们看她的车。

她问："你们又要去商店吗？自行车怎么了？爆胎了？"她看起来挺友善，但谁都知道坏人有时就会装得很好。

悠儿说没有没有，妹妹太懒，没打足气。

那个女的说可以借我们一个打气筒，把轮胎弄好。

悠儿犹豫了一小下，然后就点头答应了。后来她说，就算那个女的是坏人，对我们好也只是想消除我们的怀疑。我们继续推车也很傻，用她的气筒打个气就能骑着走了。

确实，打完气就好了，到商店的最后一段路我们就骑了过去。我心里轻松了许多，本来还以为回去也要全程推车，真是一点儿也不想再推了。

我们推开商店门，老式门铃又响了起来，劳伦森从店后面走出来，很客气地说："来了四位常客啊！需要什么吗？"

我们说想买明信片，还有邮票。

劳伦森点点头，开始在一个抽屉里翻，说："要知道，现在没什么人来买明信片，来度假的人都在城里买了！"

但他还是找出来两捆，用橡皮筋绑着，一捆是彩色的，另一捆是黑白的。我都不知道还有黑白的明信片！

劳伦森说："给你们优惠！十张明信片一欧元，怎么样？"

弗丽茨问邮票能不能也优惠，但劳伦森说不行，有规定。

然后他把明信片都摆在柜台上，真的都很好看啊！我知道在城里可买不到这么漂亮、这么老式的明信片。新式明信片上基本都只有一张照片，这种老式明信片上能有四张，上下左右，有湖，有教堂，有学校，还有一间房子，劳伦森说那是之前村里还有牙医时的牙科诊所。明信片上还写着"衷心祝假期愉快！""来自避暑胜地的问候！"什么的。

　　既然明信片这么便宜，那我当然要买十张，蒂妮珂、悠儿、弗丽茨也要买十张，我们就争了起来——明信片不够每人十张。悠儿就问弗丽茨，买十张明信片干什么，反正她也肯定舍不得花钱买十张邮票，但弗丽茨说是给自己买的，作为旅游纪念。

　　我也想留几张给自己。在家里我有一个小盒子，放漂亮的、秘密的东西。我可以把明信片也放在里面，冬天的时候拿出来看看，回忆一下暑假露营。冬天看暑假的明信片，暑假的那种幸福感就又回来了。

　　劳伦森把明信片装进四个小纸袋里，叫我们回去时骑快点儿：

"要下雨了，姑娘们！会淋到明信片的！"

可惜想快也快不起来，我们刚走出商店，弗丽茨就又抱怨说："又没气了！我真的用劲打气了，悠儿！我真的用劲了！"

我们叹了口气说是啊，刚才我们都在她身边看着呢，一直盯着她打气，结果后胎还是瘪了。

这代表我们回去又得推一路！我望了望天，云多了好多，如果下雨，我们可以把明信片放在 T 恤里，但下大了还管不管用就不知道了。

但有时候就是走运，我们推着车走过养鹅的那家，那个可疑的女人又向我们招手说："啊，打气还是不行吗？胎又瘪了？"

弗丽茨点点头，悠儿说就是啊。那个女的说可以帮我们快速修一下，可不能看着我们这么可怜。

悠儿说这对我们来说挺好，让她去修自行车，我们就可以去检查她的车。

那个女的把车倒过来，将车把手和坐垫放在地上撑住，把后胎拆下来，在装着水的盆里看哪里有气泡冒出来（就说明那里漏气）。我向蒂妮珂做了个手势，然后我们就悄悄溜走了。补胎我在家经常看到，估计都有一百遍了（有点儿夸张，但怎么也有五遍），我和蒂妮珂还是更想利用这个机会，好好检查一下可疑车辆的轮胎花纹。

车依然停在仓库前，幸好蒂妮珂带了手机，可以给轮胎拍照。我说这不是浪费电池，是必须的，因为我觉得这辆车的轮胎纹路和沙地上那个看起来真的很像！不过我也不完全确定。

我还记下了车牌号，是 SCH-XT 756，觉得肯定用得上。

我们又溜了回去，那个女的已经快修完了，说市里的秋季集市上总有比赛，看谁能最快补好胎，她小时候赢过。我思考着是先故意把轮胎扎破呢，还是人都把漏气的轮胎留到秋季集市上补（那真是太不方便了），不过我不想问她，毕竟她有嫌疑。

我们道了谢（主要是弗丽茨），然后就飞快地骑走了，因为那个女的刚把螺丝拧好，我就感到最早的几滴雨打到了我的鼻子上。因为赶时间，我和蒂妮珂都来不及把手机上的轮胎照片给弗丽茨和悠儿看。

确认坏人的车

我们骑着车，浑身湿透地回到农场，男生们正从湖边跑向营地。他们穿着泳衣，所以淋雨也没关系。派特亚大声说不知道下雨会不会引发洪水，所以觉得最好还是在仓库里等，不要待在帐篷里。发大洪水的时候挪亚[1]又没把所有动物赶到仓库里，他造了一艘大船，叫挪亚方舟（石特林老师在学校和我们讲过），所以男生如果真认为这雨会引发洪水，那就应该爬到筏子上待着。

我们女生把自行车推进仓库，薇拉趴在地上，看到我们来了很高兴，它也要在仓库里躲雨。

我们小心地把明信片铺在地上（薇拉总想闻，文森特用他最后一个可乐橡皮糖把它引开了，他真好），明信片被雨淋湿了一点儿，

1. 挪亚：《圣经》中记载的人物。为了躲避洪水，挪亚造了一艘大船。

在仓库里可以晾一晾。悠儿说反正看起来有一百年那么旧，现在有点儿皱也没关系，看上去倒更真。

我刚把我的明信片推到一边，好区分哪些是我的，卡勒爷爷就拿着三把雨伞进到仓库里来，说："我都猜到了，你们会进来！这鬼天气你们不想去屋里待着吗？"

我想去屋里，其他人也想。

卡勒爷爷已经在房间里为我们把桌子摆好了，有两大盘草莓夹心小蛋糕，旁边还有一瓶淡奶油。

卡勒爷爷说："没想到我还很会做蛋糕吧？"其实他只是把草莓塞进了买来的小蛋糕里！而且淡奶油也不能直接放在桌上，妈妈说过有客人来的时候不可以，但我们就是客人啊。

卡勒爷爷大声喊道："停！小伙子们，先别坐！你们穿着湿裤头坐凳子，尹可会生气的！"

我们禁不住笑出来，"裤头"这个词好老派。（注意到没有？这里好多东西都很老派。）

卡勒爷爷拿了一叠毛巾折起来垫在凳子上，还给男生们拿来三件厚厚的男士套头毛衣，让他们穿上——他们只穿着湿漉漉的泳裤。

卡勒爷爷说："可别着凉了！"

派特亚、文森特、劳林穿上毛衣后像变了个样子，蒂妮珂说像海豹，他们闻起来也有点儿像海豹。

　　然后我们就把奶油抹在草莓蛋糕上开始吃，只有悠儿说谢谢不用了，她不要奶油，要保持身材。其实她根本没什么身材！她妈妈说她瘦得像麻秆儿一样。

　　饮料又只有加仑汁，我都习惯了，回家后还是想喝点儿别的。

　　我们都吃完了，雨还没停。卡勒爷爷说这天气不能让客人去外面，可以让我们玩个纸牌游戏，叫"六十六"，他小时候很喜欢玩。家里没其他好玩的了。

派特亚说不想动脑筋，太累，角落里有一台电视，这就够了，劳林也说有电视足够了。

但文森特怒气冲冲地瞪了派特亚和劳林一眼，说非常感谢，我们很愿意玩卡勒爷爷小时候总玩的游戏。

我觉得有些遗憾，好久没看电视了，不过文森特这样当然也很好，现在去看电视毕竟有些不礼貌。

卡勒爷爷从柜子里拿出一副纸牌，看起来那么旧，我觉得肯定是他小时候玩过的，但这感觉很好。

他告诉我们这牌叫什么名字，有多少张，怎么玩。我一下就看出来蒂妮珂听得稀里糊涂。劳林一直问："为什么？卡勒爷爷，为什么？"但我觉得我们其他人都懂了。

我们玩了一轮，正当我快要赢的时候，蒂妮珂的手机忽然响了。

她说："哎呀，是我妈妈！"

她妈妈说蒂妮珂早上又忘打电话了，晚上他们俩要去看电影，打不了电话，所以她现在打来问问我们是不是都好。

蒂妮珂告诉她我们正在和卡勒爷爷玩"六十六"，她就安心了。

但蒂妮珂的手机这一响，让我想起了照片的事，就是轮胎那张，还没和派特亚那张比对呢！

我一边向男生们使眼色一边说："雨停了！"雨确实停了，我们终于可以找个合适的地方比对一下照片，当然不是这里，不然就

172

被卡勒爷爷发现了。

我们这么快就要出去，卡勒爷爷似乎有些惊讶，让男生们先别脱毛衣，再穿一会儿，下过雨外面肯定有些凉，明天再把这些旧衣服还回来。

派特亚问我："你怎么突然这么着急？是不是怕我要赢了？"我说才不是呢，让他赶快把手机从帐篷里拿来，和蒂妮珂手机上的照片作比对。

还真被我猜着了！花纹一模一样！一开始我还觉得这也不代表什么，可能许多人都用这种轮胎，但文森特突然大叫起来，他总是那么聪明，他把蒂妮珂的照片放大，可以看到一个轮胎上有一小处橡胶破了。

然后他把派特亚手机上沙地纹路的照片也放大了，也有一小处印记，和轮胎破皮处一模一样！这就是警察看证据的方法。

派特亚小声说："我的天！"

文森特说，你看又是这样，那个女的对我们很友好，却是坏人。

劳林喊道："我们得去报警！让警察抓她！"

悠儿白了他一眼，说我们还不知道她干了什么坏事呢，我们得晚上溜到灯光那里才能知道。

她说："这是我们最后的机会！明天就要回家了！"

我突然觉得很难过，完全忘了这件事儿，被悠儿一提醒才想起来。

173

这时，太阳从云朵后面探出头来，雨后的草地一片清新，一切都那么美好，像电影里一样。

但生活就是这样，克里菲尔德爷爷总说没什么会一成不变，好的不会，坏的也不会。说得太对了。

28

讲 故 事

男生说今晚要去岛上他们的茅屋睡，因为这是我们在湖边的最后一晚，不去睡就没机会了。

我问怎么就成了他们的茅屋了，派特亚说几乎都是他们男生自己建的，而且里面的位置也绝对不够我们七个人，三个男生睡都很挤了。我刚想说那就换着睡呗，但看到悠儿给我做了个手势，肯定是让我别再要求了。

后来我问悠儿："为什么啊？你不想在岛上睡吗？"

悠儿说要追求更伟大的事情，而且现在茅屋肯定都湿了。男生们在那里睡，我们今天晚上还能好好吓吓他们。

我对悠儿说："他们会一直醒着！要监视坏人的灯光！派特亚如果又睡着了，那就太难为情了！我们上次观察灯光的时候，男生们就睡着了。我也不知道自己能不能撑那么久不睡。"

男生们在旁边把睡袋、海绵垫和其他东西打包好，要用筏子运到岛上去。劳林说那个岛现在是海盗岛啦。

我说要是男生们能成为海盗，那我就要笑趴下了。这样的海盗，连坐着橡皮船的小娃娃都不会怕。

派特亚说他们还决定带上兰比，只是告诉我们一声。

我问："为什么啊？"但又不能不让他带，毕竟他也是兰比的主人。

派特亚说："给我们当看门狗啊！有人来它就叫，比如坏人来袭击我们。"

悠儿白了他一眼，说："看门狗？看门鼠还差不多！"

文森特说那当然，全世界都知道看门鼠不比任何一种看门狗差。

悠儿说一直都觉得男生们脑子有问题，但今天是我们的最后一晚，她就做个好人，送男生们上岛，因为有很多东西要运，还有动物。男生们可以腾出手来拿睡袋什么的，她来划筏子。

悠儿也太好了吧？我真觉得奇怪。

我说："悠儿你真好！还要送男生们过去！"

但悠儿说才不是对他们好呢，哈哈！她说我没有想清楚："我们今晚要去吓男生，没有筏子怎么上岛呢？游过去身上都湿了！必须得我送他们过去，然后才能把筏子划回来！"

176

我完全没想到这个!

悠儿把男生们送过去后,我们就钻进帐篷,讲起了恐怖故事,悠儿说这样肯定不会睡着。躺在帐篷里听恐怖故事当然不会睡着,太可怕了。

她讲有一个人,一条腿是木头的,会把脑袋夹在胳膊下,在漆黑的夜里悄悄游荡,还啊啊啊地叫,吓得我都起鸡皮疙瘩了。

悠儿用非常恐怖的声音说道:"然后他越走越近,越走越近!木腿嘎吱嘎吱地响,嘴里发出啊啊的声音。胳膊下,脑袋上的眼睛看着湖边的帐篷。他想:哈哈!我要迈着木腿进去看看!"

我小声说："不要啊！"故事当然都是假的，但听起来像真的一样。蒂妮珂早就把头埋到睡袋里去了。

　　悠儿低声讲道："他转动着断头上的眼睛，啊啊叫着，'呀！看看这里是……'"

　　这时我身旁的充气垫子突然发出一种奇怪的喘气声，就好像啊啊的叫声。

　　我的心跳都要停止了！一瞬间真的以为那个木腿人就在我旁边，幸好马上反应过来这声音是什么。

　　弗丽茨！她听着恐怖故事居然睡着了！但也许悠儿在家也经常讲这种故事，所以弗丽茨没感觉。

　　我说："我们不是要醒着去吓男生们吗？弗丽茨，快醒醒！"

　　悠儿轻声说："让她睡吧！男生们肯定还没睡，所以我们还得再等等才能去吓他们！我再讲一个。"

　　蒂妮珂说不要讲了，虽然她不是真的害怕，知道这只是悠儿讲的故事，但还是感觉瘆得慌。她说："我们来讲笑话吧！那样也能醒着，还能开心开心。"

　　悠儿说好吧，然后就开始讲："在学校里……"

　　我不明白为什么笑话她也要抢着讲，她都讲了恐怖故事。我至少能讲三个好笑的笑话呢，但不想和她争。

　　她继续讲道："校工拿着锤子和一块牌子走过来，把牌子挂在二层教师休息室的挂钩上，牌子上写着'只限教师'。"

我问："这有什么好笑的？"

悠儿不耐烦地说："接着往下听！牌子上写着'只限教师'，这时小弗丽茨走过来问：'为什么不能挂外衣？'"

我想了一下才明白，还是挺好笑的。而蒂妮珂根本就没笑。

我说："现在我来讲一个！一天，一个仙女来到施密特先生面前，说：'你可以许三个愿！'"

悠儿很烦人地问："她怎么不用敬语？怎么不说'您'？"

我说："这无所谓！她说：'亲爱的施密特先生，你可以许三个愿……'"

我身边突然传来呼噜呼噜的声音。

我大喊："蒂妮珂！你不会也睡着了吧？"

悠儿说："你讲的笑话那么无聊，不睡着才怪！哎呀，真是的！你们都这么爱打瞌睡，我们还怎么捉弄男生啊！"

我觉得她这么说不公平，我可没打瞌睡，和她一样清醒。

悠儿说："那咱俩去吧！让这两只瞌睡虫继续打瞌睡！反正我们也只是先去那里打探打探。"

"看门鼠"还真管用

悠儿和我溜到筏子那里，想悄悄把它划到岛上。说起来简单，但在万籁俱寂的夜里，什么声音都听得特别清楚，包括筏子轻轻划过水面的声音。

不过我们靠岸时男生们没跑过来，悠儿小声说如果男生们现在真的睡着了，那她就会对他们失去信心，说着还翻了个白眼（就像她恐怖故事里的那个人！不过幸好她的头还在脖子上）。

我不觉得男生们已经睡着了，而且现在兰比又狂叫起来，它一听到我来就会这样，以为我要喂它呢。

悠儿低声说："看门鼠好大声！糟了，现在他们可能都醒了！"

其实我觉得男生们肯定听到了筏子划水的声音，现在正静静躲在他们的茅屋里等着我们，我们一到三块巨石那里，他们就会冲出来狂喊，然后把我们抓走。

　　但你猜怎么着？我们都走到茅屋那里了，还是一点儿动静都没有！（只有兰比一直叫，可惜我没东西喂它。）悠儿小心地把头探进去看，又探出来小声说，嘻嘻，男生们睡得和弗丽茨、蒂妮珂一样沉。

　　就在这时，茅屋里突然传来一阵响动！我差点儿被吓死！声音还越来越大！我和悠儿赶紧躲到最近的一棵树后面，不过我马上明白了这响动是怎么回事，低声对悠儿说："哎呀！是闹铃！"

　　确实是闹铃，之前我们就听到男生们嘟囔醒不过来怎么办。悠儿又过去把头探进去，说："哎呀，哎呀！敢死队睡着啦？丢死人了！"

　　派特亚揉揉眼睛说，走着瞧！他说："我才不会为抓坏人这种小菜一碟的事情放弃睡眠！先睡一会儿，再精力充沛地上阵！在野外这样才专业！反正在手机上定了闹钟！"

　　悠儿说那当然，不是所有人都能像我们女生这样坚持不睡，也不用定闹钟。我希望弗丽茨和蒂妮珂这时别打呼噜打得岛上都能听到。

　　文森特之前溜到了树丛里，这时很兴奋地跑回来，头发睡成了鸡窝。他让我们别那么大声："有灯光！那辆车又出现了！"

　　他爬到了一棵树上，能看到路上那个位置。我叹了口气，只能划过去看看了。

筏子要划两趟（现在有五个人），我们都上岸后，悠儿对男生们说："哎呀！不敢相信，蒂妮珂和弗丽茨睡着了。"

派特亚说："那你还笑我们！"

但我们没时间吵嘴，而且还得小声，不能让坏人听见。

我想了一小下，要不要说我太困了，不能去侦察坏人了。营地附近黑得吓人，农场的房子也没有一个窗户亮灯。我在想，如果坏人抓住我们，把我们捆起来塞进车里，带到谁也不知道的地方，那可怎么办？电影里都是这么演的。爸爸妈妈肯定要伤心死了——我和派特亚被拐走了。

薇拉也完全指望不上，它这条看门狗，见到坏人还会摇尾欢迎。这样一想，幸亏茅斯留在了家里，那爸爸妈妈至少还有一个孩子。

但我转念一想，如果现在这么胆小，悠儿和派特亚肯定会笑我一辈子，于是我就跟着一起溜到了大路边。

我们都躲在草丛后。车就停在那个小避车带上，就是派特亚拍下轮胎印的地方。车已经熄了火，但前灯亮着，车里面也亮着灯。

车牌号是什么呢？SCH–XT 756！就是那个女人的车，没错（只是黑暗中看不清颜色）。我们真的逮到她了，就像警匪片里一样！简直不敢相信！我想马上回帐篷里去，我们可以从那里打电话报警。

我小声一说，派特亚就小声回我："你真傻，我们还不知道她在那里干什么呢！再等等，她肯定要在这里见同伙！"

我没看表，但感觉等了至少一个小时，也没见有同伙开车来，什么都没发生。我想要是穿件外套就好了，现在变得真的很冷。

派特亚摇摇头说："我们得再靠近一点儿！我们得弄清她在里

面干什么呢！"

我真想说，有什么用啊！但我也知道派特亚说得有道理。车停在路上那么久，一点儿动静都没有，坏人肯定在里面干坏事！不然谁也不会在深夜的偏静道路上待这么久！

我们悄悄溜过去，我一辈子从来没这么小心过。幸亏我们都光着脚，不会发出很大声儿，可我踩到了什么东西，感觉像恶心的鼻涕虫，不过我没叫出来。

我们走到车边，想从车窗往里看，反正在夜里坏人也看不见车外的我们，我们只要不出声就行。

派特亚把头伸得老长，又缩回来，好像看到了尸体一样。他用手捂住嘴，弯下腰，好像马上要吐了一样。

我都不敢看了，他肯定看到了什么可怕的东西！但害怕也没用，我还是得看看里面。

真是羞死人了！车里坐着那个友好但可疑的女的，还有一个穿T恤的男的，我只能看到他的后背，他们正在拥抱接吻！我赶紧挪开目光，其他人也一样。

我们走回草丛后，悠儿说："对的，大半夜在这偏僻的路上停那么久，只能是坏人啊——真是胡说八道！"派特亚白了她一眼。

她之前也相信了啊。

劳林说："羞羞羞！好恶心！"

派特亚说也可能车里的两个人真的是危险的歹徒，接吻只是掩饰，因为他们发现了我们。

但悠儿说也可能派特亚是个呆瓜，只是掩饰着不让我们知道。派特亚没回嘴，也许太累了吧。

我们回到帐篷，我觉得没有真的在车里发现坏人也很开心。

我太困了。怎么说呢？那个友好的女人不是坏人我其实挺高兴，我更喜欢好人就是好人。

而且这个晚上我也受够了惊吓，毕竟刚才光脚踩到了一只鼻涕虫啊。

最后一天的好主意

第二天早上我们醒来，阳光普照，万里无云。

悠儿嘟囔："最后一天就不能下个雨吗？那样我们也不会因为要走而那么难过！"

我觉得又是个好天气挺好，也决心好好看看周围的一切，因为今天干什么都是最后一次。

我把这想法告诉蒂妮珂，她也说要好好看看，而且她觉得要走了很伤心，不过她很高兴我们都来了她亲戚家。

去拿早饭的路上，我和悠儿把抓坏人的经过告诉了弗丽茨和蒂妮珂。

我说："可惜你们都睡着啦！"

弗丽茨张大嘴大叫："哎呀！是一对情侣啊！还又搂又抱又

亲！"

我觉得她太夸张了。

卡勒爷爷又给了我们一瓶榛子巧克力酱，说让我们庆祝一下，这是我们最后一顿早餐，今天把一瓶都吃完也没事，明天我们就不在这里了。

蒂妮珂问："我们要走了，你难过吗？"

卡勒爷爷说很难过啊，但也没办法，什么事都会有尽头，不管好事坏事。真是巧了！克里菲尔德爷爷也总这么说！

弗丽茨说："那你又要一个人啦，卡勒爷爷！"

卡勒爷爷挠挠头，说："是啊！但至少现在我又有一个去小岛的好筏子，就像小时候一样。"他还说看到这个筏子就会想起我们。

我一直在想怎么让离别不那么悲伤，突然想到了。

我说："卡勒爷爷！下午蒂妮珂的父母来接我们时，我们办个告别会吧！"

蒂妮珂大声说："对啊对啊！"

我们在海鸥街就很喜欢搞聚会，知道该怎么办，有告别会至少就不会那么悲伤了吧。

卡勒爷爷迟疑地点点头，说不保证哦。但弗丽茨已经大声说不用担心，不必特意为再次迎接客人打扫整理什么的，我们在室外开聚会。

悠儿说："就在我们的营地！还能烧烤！"

卡勒爷爷看起来还是若有所思，我忽然想到他可能是在计算办这一次烧烤聚会要花多少钱。我们七个孩子，再加上蒂妮珂的父母，那就是九个人！买肉要花很多钱。

我大声说："不用担心买吃的要花很多钱！我们可以烤鱼！钓就行！"

蒂妮珂说对啊，她妈妈很喜欢吃鱼，她爸爸吃土豆就行。

卡勒爷爷笑了，说那太好了，就这么定了，他去和尹可、马库斯说一声。

我想，如果尹可和马库斯也来，那我们的烧烤聚会就有十二个人了。虽然没我们在海鸥街开聚会时人多（那时有十七个人，很容易算出来；如果瓦赞一家也来，那就有十九个人），但我觉得十二个人也足够开一个真正的聚会。

卡勒爷爷说去湖里钓鱼需要申请许可，但他觉得我们用自制的鱼竿去钓鱼，管理局不会太计较。他给我们一些面包当作鱼饵，从工具箱里找出真的鱼线，还给我们曲别针用来做鱼钩。

他说："好期待啊！祝你们收获满满，姑娘们！"

我们大声说："谢谢！"要赶紧回去告诉男生们。

我们一边吃早饭一边把我们的计划告诉了男生们，他们也觉得办告别聚会是个好主意。

派特亚说："打赌不？这里肯定有尖牙利齿的大鱼，我肯定能钓到怪物鱼，那你就给我拍个视频，文森特！传到网上去！"

悠儿说："就会吹！"不过也说不定啊。

卡勒爷爷猜对了，那瓶榛子巧克力酱又一顿就被吃完了，不过没关系，反正明天我们也不在这里了。我不知道卡勒爷爷、尹可、马库斯喜不喜欢吃榛子巧克力酱。

然后我们就去做鱼竿，长树枝很好找，小刀我们也都有，可惜劳林把手指划破了。

他大喊："流血啦！文森特，流了好多血啊！"

根本没流很多血。

文森特大声说："吸啊！把手指放嘴里吸！"

派特亚说："哎呀，劳林吸了血，觉得好吃，要变成吸血鬼了。"

文森特白了他一眼，对劳林说："让我看看！"然后看着那根手指头，

189

血还在往外冒。他说没切很深，唯一会有的危险就是得破伤风，伤口进了脏东西就会得，又说："幸好你打过疫苗。劳林，没事的！"

但劳林还是吓得脸色苍白，一屁股坐到草地上，手指还含在嘴里。幸好出发时妈妈让我带上了急救包。

我喊着："呜啊呜啊！救护车来啦！"然后在包里找，有各种大小的创口贴，还有喷伤口的东西，我都拿上了。

劳林把手指伸给我，我给他贴上创口贴，说："看，现在就像好的一样！"妈妈给我们贴创口贴有时就会这么说。

劳林点点头，脸色也没那么苍白了。我想，以后也许可以当个护士或者医生，虽然没芭蕾舞演员那么有趣（我和蒂妮珂曾想当芭蕾舞演员），但给别人贴上创口贴，看他好起来，会有一种非常好的感觉。

之后，文森特帮劳林做了鱼竿。我们都去了岛上，拿着各自的鱼竿在岸边坐下。

派特亚说感觉很棒，我们用这些自制的树枝鱼竿钓鱼，而不是渔具店里卖的无聊的现代制品。

他说："像真的荒岛求生一样！小船若是沉了，是不会有专业鱼竿的！"

我们就假装遭遇沉船，流落荒岛，已经好几天没吃东西了。

劳林用绑着创口贴的手揉着肚子喊："好饿啊！好饿啊！"还摇来晃去地说，"救命啊，我要饿死了！"

弗丽茨也喊："好饿啊！好饿啊！"

派特亚说，别担心，老大哥派特亚马上就会钓上来一条大鱼，拯救所有人。

但老大哥派特亚只是想得美，根本没有鱼咬他的钩，也没有鱼咬我们的钩。

过了一会儿我就觉得无聊，于是说我们女生可以准备一下烤架，不然等下聚会上我们有成千上万条鱼却没有地方烤。

派特亚说想去就去吧，反正女人也不应该在荒岛上钓鱼，打猎、钓鱼都是男人的事，女人管做饭就行，所以我们现在去弄烤架也对。

我觉得这又是性别歧视，但我还是更想弄烤架，这事可不能告诉妈妈。

31

搭 烤 架

又是美好的一天！

我们去屋里拿烤架，卡勒爷爷挠挠头，说："呀，姑娘们，这可就成问题了！我这里没有烤架啊，要不你们自己做一个？"

我们互相看看，想象不到要怎么做烤架。爸爸妈妈只有一个简易烤架，但挺好用，弗丽茨和劳林家有带轮子和木台面的烤架，蒂妮珂家有个圆球一样的烤架，但这些我们都绝对做不出来！连我家的简易烤架都不可能。

卡勒爷爷说我们是不是有点儿绕不过弯："你们不是遭遇沉船，流落荒岛吗？那到哪里买烤架啊！而且荒岛求生的人怎么吃鱼？姑娘们，你们想想！"

弗丽茨说如果是生吃，那她就不要荒岛求生了，她不喜欢生鱼。

悠儿说日本菜就有生鱼，她觉得还行，不过还是更喜欢吃烤鱼。

于是卡勒爷爷就带我们去了棚子里，四处找了找。我很喜欢这种大仓库，如果多年未清理，那说不定什么时候就会发现一些好玩的、被遗忘的东西。

卡勒爷爷大声说："没有真正的烤架，这个也凑合！擦擦就能用！"然后从一堆旧物中翻出一个金属网，看起来像门垫。

我问："那架子呢？不能直接放地上啊！得架起来才能生火！"

卡勒爷爷笑了，说："姑娘啊姑娘，你再好好想想！"

他说我们应该在地上挖个洞，挖深一点儿，然后在里面生火，够热了就把金属网放上去，不过要他在时才能生火。

他问："怎么样？"

我们说这比店里卖的烤架好上千倍。

然后，卡勒爷爷就给了我们两把铁锹，一把挖土用，一把运土用。我们挑了个地方，不紧挨营地，但也靠近岸边。

蒂妮珂说这样很方便，烤完后用湖水把火灭掉。弗丽茨说也许我们走运，鱼会从湖里直接跳到我们的自制烤架上，都不用钓。

悠儿白了弗丽茨一眼："你在这里见过会蹦的鱼？"我觉得弗丽茨只是挖累了。

弗丽茨说："没有，但见过会蹦的青蛙！好多好多！"

我说希望它们不要不小心蹦到烤架上，那也太悲惨了。它们还是青蛙宝宝，太小了什么也不懂，也许会蹦上去。

至于鱼，我倒真希望它们蹦上去，因为男生依然一条都没钓到。派特亚站在岛上向我们喊，说都是我们的错——他一向如此。

他喊道："你们挖得咚咚响，水里都能听见！鱼当然不咬钩！"

悠儿喊道："你自己太蠢钓不上来，别怪我们！"我们还定好以后让悠儿和派特亚结婚呢，但有时候我觉得这事儿成不了，他们俩老是吵架。

蒂妮珂问："那我们没鱼怎么办啊？没吃的怎么办聚会？"洞都挖好了，男生们还是什么都没钓到。洞的大小刚好适合金属网架在上面。我们在湖里擦金属网擦了好久，洗得像新的一样。

蒂妮珂耸耸肩说："我们先把铁锹还回去吧！"

悠儿又拿着她的书坐到了樱桃树上，我、蒂妮珂、弗丽茨去了大屋里。卡勒爷爷说我们这么快就弄好了烤架，创纪录啦，这肯定会是本世纪最棒的烧烤聚会。

弗丽茨嘟囔着："可我们还没有鱼！它们不上钩！"

卡勒爷爷叹了口气，问："不上钩？它们不喜欢曲别针？"

我说是啊，它们不喜欢，而且男生们的鱼饵也只有面包丁，老是从鱼钩上脱落。

卡勒爷爷说："哎，那我们得想个别的法子，是不？"然后对我们眨了下眼睛就进了牛奶房，拿了个篮子出来，问："你们觉得怎么样？如果男生们什么都没钓到，我这里还有其他的……"

里面是冷冻鱼排和小香肠，这下我们终于松了一口气。

我们一回到湖边，派特亚就对着我们喊："你们看看！还有什么话说？"然后把鱼竿从水里挑起来，上面真的有一条很小很小的鱼，在疯狂扭动着，和派特亚的食指差不多大。

悠儿说："大鱼呢？怪物鱼呢？"

蒂妮珂喊道："派特亚，你好残忍！快把它放了！看它怕的，快把它放回水里！"

我喊道："那还是个鱼宝宝呢！它想活下去！"店里卖的新鲜鱼我很喜欢吃，冷冻鱼也不错，但我突然觉得不想吃刚从湖里钓上来的鱼，更不要吃鱼宝宝。

派特亚盯着他的鱼竿，说："女生不要那就不要吧！我随便，就你们事多！"然后真的把鱼解下来扔回了水里。

我觉得可能他也不想杀小鱼，让它活下去他其实很开心。

我说："反正冷柜里的也够啦！"

然后我们就开始收拾东西，弗丽茨都快哭了，说很伤心，回到

195

海鸥街的家里肯定会想念我们的营地，明年夏天还要来。

我们也都说要来，就连男生们也说还要来，尽管他们因为钓鱼的事不太开心。我们围成一圈，每个人都伸出三根手指发誓，文森特非常庄重地说了誓言："The Seven Cool Kids 明年夏天一定会回营地，不，每年夏天，直到永远，只要太阳还在海盗岛上升起和落下！终生不渝！"

我感觉很庄严，大家都说："我发誓！"真不知道文森特怎么总能想出这么郑重的誓言。

悠儿说："也许不能说一辈子不变吧！等我们都结婚了，老公老婆会要跟着来吗？"

弗丽茨说："他们还是留在家里吧！"

我说反正以后我会和文森特结婚，蒂妮珂会和劳林结婚，弗丽茨会和茅斯结婚，悠儿会和派特亚结婚（尽管我现在说不准了），那还是我们这些人啊，只是多一个茅斯。

悠儿说："以后再说吧！"我觉得她也已经在考虑还要不要和派特亚结婚了。

我们刚把帐篷拆掉、收好（这可不简单，很难卷得小到能收进袋子里），卡勒爷爷就从大屋里推着个手推车过来了。

他边走边喊："柴火来啦！"说要及时把火生起来，要过一个多小时才够热呢，不能把食物直接放在火上，那样会烤焦，对健康

也不好。这些我早就知道。

我们把干燥的小树枝放在洞里，点燃，等烧旺了再把柴火堆上去。派特亚还一定要在火堆旁放一桶水。

悠儿说："旁边就是湖，要一桶水做什么？真是的！"

派特亚说："烧烤时都要这么做，这是安全措施！"派特亚是少年消防队的，这当然是他从少年消防队学到的。

火在洞里熊熊燃烧，但不知什么时候突然小了。

派特亚说："伙计们，可以上烤架啦！"边说边用鱼竿在洞里拨来拨去。

就在这时我们听到院子里传来一阵马达声。

32

告 别 会

蒂妮珂叫道："他们来啦！妈妈！我爸妈来啦！"

我也向院子里跑去。来的是蒂妮珂的父母，我们其他人其实不用跑！弗丽茨和悠儿也跑了过去。不知怎么的，都感觉很兴奋，我们在家时每天都能见到蒂妮珂的父母啊，而且我们也没离开多久。

我突然又发现一辆车，然后又一辆车，就回头看悠儿，她肯定和我想的一样，蒂妮珂父母就两个人，不可能开三辆车来啊！

这时弗丽茨已经叫出了"妈妈"，我就知道猜对了，我们的爸爸妈妈也来接我们了！我不知道为什么这么开心，不来接我也很快就会回家见到他们啊！但我还是开心得不得了。

我也叫道："妈妈！"妈妈一把抱住我，又搂又亲。

薇拉非常兴奋，在我们所有人中间跑来跑去，摇着尾巴。

妈妈把我推开一点点，看着我，说："你看起来好像长大了啊，小塔拉！还黑了！一直都好好抹防晒霜了吗？"

茅斯当然也来了，不停扯我的 T 恤，蹦蹦跳跳地大声说："我有两只新蜗牛，和爸爸一起抓的！它们现在生小孩儿了！"

我把他举起来，亲了他一口，说："太棒了！"不过他不喜欢这样，而且我也不知道蜗牛是直接生小蜗牛还是下蛋。

我说："带你去看看我们的小青蛙吧，好不好？"

爸爸走过来紧紧抱住我，把我贴在他的胸口上，我觉得都要被压扁了。他问："我们家老大呢？不会是坐船去美国了吧？"边问边向湖边望去。

说得像真的一样！

这时派特亚也跑了过来，还有文森特和劳林。

派特亚说："嗨！"然后在离我们几步远的地方突然停住了，悠儿也是，也许他们觉得拥抱有点儿丢人，真是傻。

爸爸妈妈也觉得很傻，反正他们像拥抱我一样拥抱了派特亚。

爸爸大声说："我们得看看你们一直待在哪里！天啊，我也想来这里度假！"

派特亚说："那边是我们的营地！"尽管已经不是了，帐篷拆了。

文森特和劳林的妈妈从第三辆车上下来。她说自己挤出时间，一定要来看看她家的小子们过去这一周是在哪里度过的。

弗丽茨说："我们要办告别会！还有烧烤！临时想的！"

她爸爸说真是完美："能想到这么好的主意！"一边说一边还奇怪地眨眨眼。

文森特和劳林的妈妈问有什么吃的。

文森特说："我们钓了鱼！"

爸爸问我们是不是也抓到了什么东西。

派特亚说："当然了！你觉得呢？"

其实也不是完全在瞎说。

妈妈说："真是想到一块儿去了！我们也猜到你们肯定要办告别会！"然后指了指车旁边的三个保温袋。

我这才知道为什么弗丽茨的爸爸一直眨眼睛！我猜保温袋里肯定是一盒盒土豆沙拉、胡萝卜条，还有文森特和劳林的妈妈做的凉菜（如果她挤得出时间）。

是不是很有趣？我们想一块儿去了，孩子在湖边，大人在海鸥街的家里。不过这也不奇怪，我们海鸥街的人就喜欢办聚会，所以大家肯定都会想到这主意，而且这也解决了问题，我还担心冷冻鱼和小香肠不够所有人吃，大人来了，我们的聚会一下变成十八个人（一数就数出来了）！

然后我们大家一起去了营地那里——之前搭帐篷的地方，现在只剩下我们自制的烤架，不过大人们觉得很厉害。

我和妈妈讲了抓坏人的事，结果那女的不是坏人；还讲了小青蛙和在岛上搭茅屋的事。卡勒爷爷说趁着烤鱼的工夫，我们可以带大人们上岛看看，反正鱼要过一会儿才能好。

　　文森特和劳林的妈妈不愿第一批坐筏子去岛上，说要第二批去，肯定是想先看看安不安全。悠儿和弗丽茨的爸爸、我爸爸、蒂妮珂的爸爸，甚至茅斯，倒很乐意第一批上岛，派特亚带他们过去了。

　　劳林大声说："这筏子是我们自己做的！厉害吧？"

　　悠儿和弗丽茨的爸爸说："绝不可能！你们自己做的？当真？"

　　我感觉很自豪，确实是我们自己做的。我都忘了把"海威号"写在船身的桶上！我们要做的事情总是太多，不过这也意味着明年我们肯定得回来，那样我才能写上啊。

　　文森特说："茅屋也是我们自己搭的！里面睡起来很舒服。"

　　我看得出来文森特和劳林的妈妈有些担心，但她什么也没说，也没问劳林的作业。幸亏没问，到最后都被我们忘得一干二净了。

　　妈妈上岛后（我带她过去的），说真想在这茅屋里过一晚。派特亚说想要的话，他可以把茅屋开成酒店，不贵，给她特价，因为她是家里人。

　　这时卡勒爷爷在岸边不停挥手，示意我们可以去吃了，我都闻到烤鱼的香味了。尹可和马库斯也回来了。不知谁扛来了许多酒水。尹可说给孩子们买了环保的塑料杯，但聚会这么多人，还是得用一

次性纸杯。

又是一次很棒的聚会！真的和海鸥街的一样棒！只是克里菲尔德爷爷奶奶不在（瓦赞一家也不在，倒也好）。

卡勒爷爷从烤架上把一条鱼放到爸爸的盘子里，爸爸盯着盘子，说："这可真神奇！这湖里什么鱼都有啊！居然还有三文鱼！"他还以为烤的鱼都是我们自己钓的！

卡勒爷爷说可惜还没那么多种，他的冷柜帮了一点儿小忙，当然男生们也很积极。派特亚说自己爱护动物，所以把猎物都放生了。妈妈夸他做得好，在湖边吃冰柜鱼也很可口。

　　天渐渐黑下来，大人们聊着天，就像在海鸥街的聚会那样。我忽然想起我们这次是因为悲伤的事聚会。我小声对蒂妮珂说："你想再去一次岛上吗？"蒂妮珂说也正要问我呢。弗丽茨、悠儿还有男生们当然也要去，甚至茅斯也想去，于是我们分成两拨坐筏子。

　　岛上和岸边一样暗，林子里甚至都快黑了，但大人们的声音从烧烤那里传来，包括文森特和劳林的妈妈的笑声，所以我一点儿也不害怕。

　　弗丽茨把娃娃垂到地上，好像它会走一样，说："和海盗岛说再见吧！再见，海盗岛！再见，小树林！再见，茅屋！再见，小湖！"

我们拆帐篷时她才突然发现带了娃娃来，我和蒂妮珂也发现了我们的娃娃乐塔和劳拉·卡特琳娜，一直放在帐篷的角落里，被我们忘了。

蒂妮珂小声对我说："我们真的会回来，对不对，塔拉？拉钩上吊不许变？"

我小声回她："每年夏天，直到永远，只要太阳还在海盗岛上升起和落下！终生不渝！"

回家的路上，我坐在后排，派特亚和茅斯之间，又想起这些话，感到一丝淡淡的忧伤，但想到马上要回到海鸥街，就又高兴起来。

每年夏天我都要回海盗岛上，永远永远，只要太阳还升起、落下，我就要回来，和蒂妮珂、弗丽茨、悠儿一起，和派特亚、文森特、劳林一起。

然后我就渐渐睡着了。